武ログ 弐

直江兼続の「愛 want 忠」日記

武ログ 弐

直江兼続の「愛want忠」日記

目次

005 天

武ログ開設のごあいさつ／「上杉謙信」様／
景勝様との出会い／景勝様からのサプライズ!?／
落とし物／ボクのお仕事／平穏な日々／鬼になります／
出費が……／トレーニング／トレーニングその2／黒い影？／
「社外秘」解禁／出張へ／初陣／七尾城の戦い／補給／
残念なお知らせ／ホンノ一息／やはり野戦は強い！／
第2次 七尾城の戦い／第2次 七尾城の戦い②／
第2次 七尾城の戦い③／手取川の戦い／ロスト／
嬉しい贈り物／準備完了／一大事／天へ……／
マズいです……／上杉vs上杉／春日山城へ／御館の乱／
「御館の乱」NEWS／「御館の乱」NEWS②／
「御館の乱」レポート／昇進／もう1人の新任取締役／
「御館の乱」の後遺症／残念な事……／そんな無茶な……

017 樋口兼豊の『内勤 My Life』
027 上杉景虎の『さすらい道連れ世はイケメン』
047 上杉景勝の『仮面王子』

065 地

続・嬉しい贈り物／取材／Good bye武田家／
ピンチ！／残念ながら……／意外な結末／追撃！／
命名？／長野へ／まだまだ会議中／「合戦レポート」／
ゴージャス年賀状／羽柴秀吉／猿のお手伝い？／

そう言えば／あれ、押されてる？／未熟な私／
下請けですかね？／またまた嬉しい贈り物／猿知恵／
長野から来た若者／上田合戦／ゲリラ屋「真田」／
京都へ行く、ということ／反省／オシャレ兜／兜ショー／
京都へ／ご対面／変わった人／チャンス到来！／鑑賞会／
私事ですがNEWS／佐渡へ／小田原へ／小田原征伐／
小田原征伐②／小田原征伐③／小田原征伐④／
小田原征伐⑤／小田原征伐⑥／またまた鑑賞会／
豊臣家の未来は？／事業計画／街おこし／豊臣家の人事／
海外出張！？／城造り／帰国／水面下で……／
文禄の役が終わって／私も！／五人御奉行入り／豊臣家の異変／
決裂／さよなら／新天地！／混乱の始まり……

070 伊達政宗の『オラが入れば23の瞳』
092 狩野秀治の『不可能を狩野にする仮免』
096 真田昌幸の『波紋、破門、そしてハモン』
124 大国実頼の『兄は兼続・アニーは初代・山尾志桜里』
135 前田慶次の『カブキ・ロックス』
142 石田三成の『私の頭の中の秀吉様』

タヌキ／解雇／挑戦状／肩すかし／慶長出羽合戦／
慶長出羽合戦②／慶長出羽合戦③／慶長出羽合戦④／
何度めかの嬉しい贈り物／嬉しいようで悲しい……贈り物／
新時代／国造りの基本／システム転換／意外な展開／
涙／新たな出発／お久しぶり／大事件／決戦前夜／
大坂冬の陣／大坂冬の陣②／大坂夏の陣

146 徳川家康の『取らぬタヌキの皮算用』
149 藤田信吉の『朝まで生コラム』
159 毛利輝元の『決戦！ 関ヶ原 前編』
161 毛利輝元の『決戦！ 関ヶ原 後編』
167 平林正興の『そんな師匠に憧れて！』
178 茶々の『茶々を入れるでない！』
187 直江兼続の『遺言』

188 人名事典
191 参考文献

右筆・石川裕郁　絵師・深山鹿王

直江兼続の
「愛want忠」日記

天の章

【天正4年〜天正9年】

それいけ上田衆!

樋口兼続公式ブログ
KANETSUGU HIGUCHI

Presented by NIGENSHA

|◀◀|◀…前のページへ|HOME|次のページへ…▶|▶▶|

天正4年　1月10日

武ログ開設のごあいさつ

(。＞ω＜)。こんちくゎぁぁ。(＞ω＜。)

この度は「元服」という成人の日を迎えた記念として、
「武ログ」を始めさせていただくことになりました〜〜！
「樋口与六」改め、「樋口兼続」、16歳です。

「上杉謙信」様が社長を務める上杉家に
4歳の頃就職して勤続12年になりますが、
まだまだ修行中ですのでこれからも頑張ります！

早速、武ログの開設を直属の上司の「上杉景勝」様に
ご報告したところ……無言。
でも、景勝様っていつもこんな感じ。
基本的に会話はケータイメールのみなんです（笑）

景勝様の部屋を退出してから
すぐさまメールが届きました
「へぇ〜。1回、
武ログを炎上させてみたかったのよ。
やっていい？ｗ」

Profile
樋口兼続
［上田衆］

新潟県南魚沼出身、ただいま元服したばかりの16歳になります。上杉謙信様のご養子、上杉景勝様の陪臣を務めております。源頼朝が幕府を開いていた時代に大活躍した、木曾義仲の重臣を先祖に持つ、とよく父が酒を飲みながら自慢しておりました。皆様今後ともよろしくお見知りおきを。

・矢文を送る
・読者になる

Link
上杉謙信
上杉景勝
泉沢久秀

人気！武ログランキング

1位	織田信長	→
2位	長宗我部元親	↑
3位	上杉謙信	↑
4位	羽柴秀吉	→
5位	雑賀衆	↑

うわ〜！　予告炎上は勘弁してくださいよ。
il||li(つд-｡)il||li

そういえば、以前、業務提携している織田信長様の武ログを拝見したんですが、燃えまくってましたね……
それはもうコンガリと。
それでも、謝らない、へこたれない信長様ってある意味スゴイナーと思いました（笑）

みなさんの楽しいコメント
お待ちしてま〜〜〜〜す！

┌|∵|┘与六シク┌|-.-|┐ﾍﾟｺｯ

コメント欄（8）

投稿者：<u>上杉謙信</u>　天正4年　1月10日　寅の刻
ヒ〜ック、与六よ、武ログは楽しいけど、ハマり過ぎるなよ！
吾が武ログを始めた時は、更新が楽しくて毘沙門堂へ引きこもってしまったもんだw

投稿者：<u>樋口兼続</u>　天正4年　1月10日　寅の刻
ワァー！　謙信様だ！(ﾉ´дﾞﾉ｡・ｫｰぃ・｡ヽﾞдﾞヽ)
早速ありがとうございます。
ちなみに、与六じゃなくて兼続ですので……。

投稿者：<u>上杉景勝</u>　天正4年　1月10日　寅三つ
父上は、重役連中から「武ログにハマりすぎ！」って怒られて家出した事あるらしいよw　ｳﾋｬﾋｬﾋｬﾋｬ

投稿者：<u>樋口兼続</u>　天正4年　1月10日　寅三つ
景勝様、カキコありがとうございます！
大勢の前だとオトナしいのに、
メールとかカキコだとファンキーにﾅﾘﾏｽﾖﾈ？（笑）

amasan.com

**竹光屋は
なぜ潰れないのか
〜身近なもので
わかる会計術〜**

二玄舎
在庫あり　1,200文

SenGokuoogle

**祝。魚沼で
成人式写真**

ヘアメイク、着付けもお任せ。
魚沼目抜き通りの上田写真
スタジオへ!!

楽❶市
楽座

**魚沼産コシヒカリ
10kg**

今なら送料無料!!

投稿者:織田信長　天正4年　1月11日　丑三つ
業務提携中の信長じゃ！確かに以前書き込みもらったおぼえがある
しかし　その若さで勤続12年とは…えなりかずき級じゃのw
炎上上等！　―天下布武―

投稿者:樋口兼続　天正4年　1月11日　丑三つ
おぉー！　信長様！！
ボクは信長様が会社を大きくするきっかけとなった「桶狭間の戦い」があった
永禄3年に産まれたんです。何か縁がアルデスカネ？

投稿者:泉沢久秀　天正4年　1月11日　卯の刻
ウースッ！与六っていちいちコメントに返事すんだな。
しかもレスはや！w　ホント、几帳面なヤツだねー。

投稿者:樋口兼続　天正4年　1月11日　卯の刻
だから、兼続だって！
でも、イズミン、カキコありがとう！
同じ「南魚沼」出身の上田衆として頑張ろうね！！

TOP

天正4年　1月11日

「上杉謙信」様

皆様、こんにちは！
たくさんのコメントいただきありがとうございました。
あと、いきなり炎上しなくてホッとしてます（笑）

今日は、社長の謙信様が主催するセミナーがありました。
上杉家社員としての心構えを学ぶ大事な勉強会。

謙信様の2人の養子で、次期社長候補の「景勝」様と「景虎」様はもちろんのこと、多くの社員が受講しました。

しかし……

謙信様 「ヒ〜ック！　吾が川中島で山梨の武田信玄と戦ったときは……」

あぁ……　o(T^To)　くぅ
やっぱり今日も昼から酔っぱらってる……。
謙信様は大のお酒好きなので、いつもこんな感じです(。´Дc)うぅ…。

謙信様 「ヒ〜ック！　吾は1人で武田の本陣に斬り込んで、武田信玄と
　　　　社長同士のタイマンをしたものだ！！……ヒ〜ック！」

すると、真横にいる景勝様からメール着信。

「この話、トータル200回くらい聞いてねぇ？ｗ
　しかも、社長が敵に突っ込むってありえねーよな？ｗ
　さすがに飽きたから寝ていい？ｗｗ」

ダメですよー！　確かに200回どころか300回くらい聞いてますけど……、せっかくのお話だから最後まで聴きましょうよ！

それから、景勝様はすごいマジメな表情で聴いてる様子でした。
……と思いましたが、瞬きしてない！？

あー、眼を開けながら寝てる……(〃￣■￣〃)

後で、景勝様にハウス「メガシャキ」を差し入れしておきました。
今度は使ってくださいね！

コメント欄（1002）

投稿者：上杉景勝　天正4年　1月11日　巳の刻
燃えろ！

投稿者：上杉景勝　天正4年　1月11日　巳の刻
荒らし歓迎！ｗ

投稿者：上杉景勝　天正4年　1月11日　巳の刻
みんな、一緒に炎上させようぜ！？

―コメントが千件を越えました―

投稿者：樋口兼続　天正4年　1月11日　午の刻
うわー！。゜・(/Д`)・゜。うわぁぁぁぁん
こんな短時間のうちに1人で千件も書き込むって何してるんですか！？

投稿者：上杉景勝　天正4年　1月11日　亥の刻
どう？オレの華麗な1人炎上？ｗ
C・ロナウドもビックリの突破力だろ？ｗｗ　ｳﾋｬﾋｬﾋｬ

TOP

天正4年　1月12日

景勝様との出会い

皆様、こんにちは！
景勝様、まさか本気で炎上狙ってくるとは思いませんでした（笑）
もう10年くらいの付き合いになるんですが、昔からイタズラ好き！

出会いはボクが4歳くらいの頃。
上杉家のエリート社員を育成する学習塾「毘沙門ゼミナール」（略して毘ゼミ）に入塾した時の事。

みんなの前であいさつし、空いている席に向かい出すと～
先輩達の足かけ攻撃（笑）　仕掛けてきたのは、イズミンとか

今の同僚である上田衆のみんな。
でも、そんな事もあろうかと心構えしておいたので、
ジャンプしてかわしました！　O(≧∇≦)O イエイ！！

が、先輩達はナカナカのイジワルw
2発目！　3発目！　と連発してきます。
それでも何とかかわして席に辿り着きました　"＿|￣|○"ﾊｧﾊｧﾊｧ

その時、隣の席だったのが喜平次くん。今の景勝様ですね！
喜平次くんだけは足かけ攻撃がありません。スッゴイ優しい人だなーと思いつつ安心して席へ着くと……

ストン！ﾑ(ﾟдﾟ)/「え」

座布団に座ると、床ごと底に落ちる落とし穴の仕掛……。

穴の底から上を見上げると、喜平次くんがニタニタ笑ってます！
むぅー！　一番のイジワルは彼だったのですね。

でも、ここまで手の込んだイジワルは逆に見事！
ボクは怒るよりも感心してしまった記憶があります。

次の日、ボクは誰よりもはやく塾へ行きました。
コソコソコソ……。そして、喜平次くんがやって来て座布団に座ると……

スットン！(*^-ﾟ)vｲｴｨ♪

昨日のお返しです！　しかも、ボクの方が1mくらい深く穴を
掘りました！！　喜平次くん、ボクを穴の底から感心した顔で見上げて
「ウヒャヒャヒャ！」と大笑い。

今までこんな逆襲してきた新入生がいなかったので、

逆に感心したらしいです。

それ以来、2人は大の仲良しになりました！

コメント欄（2）

投稿者：泉沢久秀　天正4年　1月12日　亥の刻
ウースッ！あの後、景勝様がお前を落とそうと穴掘ったらしいが、
深く掘りすぎて自分が出られなくなったらしい…。

投稿者：樋口兼続　天正4年　1月12日　亥の刻
それで数日欠席だったんですね……。

TOP

天正4年　1月13日

景勝様からのサプライズ！？

今日は、ボクの成人祝いという事で景勝様が飲みに誘ってくれました。
（16歳で成人、お酒が飲めるんですよ。いいでしょう！）
飲み会かぁ！　なんか大人の仲間入りしたって実感わきますね
(*˚▽˚*)ワクワク

連れて行ってくれたのは、居酒屋「北の家族」。
なるほどー！"ボクと景勝様は北陸の新潟に住む家族みたいなもの"というのを
さりげなく演出してくれたのですね！！
そう思って、お礼すると……

景勝メール　「へ！？割引クーポンあるからだけどw」

そんなー　Σ(￣ロ￣lll)

でも、そんなはずはない！　きっと照れ隠し。実は特別予約で豪勢な料理や、
お祝いのケーキなど素敵なサプライズを用意してくれているはず！

さあ、オーダータイム！
景勝様が店員のメールアドレスを聞き出し、そこに注文を送るそうです。
チラッとケータイ画面覗き込むと……
景勝メール 「高いものからジャンジャン出して!!」

(人´∀`).☆。.:*:・゜

やっぱり!! さすが景勝様。そのお気持ちがありがたい！
値段とかそういう事じゃありません！！

さて、お腹もいっぱいなりました。景勝様、今日はご馳走様でした！

……と思ったのですが
景勝メール 「オレ、クーポン出すから残りは兼続ヨロw」

こ、これはボクを大人として成長させるための試練なのですね。
景勝様。あ、ありがとうございましたil||li_■￣■●il||li

コメント欄 (4)

投稿者：上杉謙信　天正4年　1月13日　酉の刻
ヒ〜ック、今度は吾が飲みに連れて行ってやろうか？

投稿者：樋口兼続　天正4年　1月13日　酉の刻
えぇー！　謙信様もボクの成人を祝ってくれるんですね？
ありがとうございます (*^ワ^*)

投稿者：上杉謙信　天正4年　1月13日　酉二つ
ヒ〜ック、この前もらったクーポン、
2名以上じゃないと割引にならないんだよｗ

投稿者：樋口兼続　天正4年　1月13日　酉二つ
義理の親子とは言え、どこか似てますね(_　_|||)

天正4年　1月14日

落とし物

皆様、こんにちは！
今日、景勝様と2人で春日山城の廊下を歩いていると
小さなノートパソコンが落ちていました。

早速、景勝様が拾い上げ、

景勝メール「売ったら5万円くらいなるかな？w」
とニヤニヤしてましたが、そういうわけにはいきません！
今頃、持ち主はきっと困っているはず。
「持ち主様、中を見ることを許して下さい」と祈りながら電源ON。

すると、デスクトップ画面は謙信様のもう1人の養子「景虎」様でした。
上杉家でもNo.1のイケメンです。でも、自分の写真をトップ画面にするのはちょっと驚き(笑)

景勝様はパソコンを床に叩き付けようとしましたが、
そういうわけにはいきません！

確かに、2人は次期社長候補というライバル関係ですが
パソコンに罪はありません。景虎様へ届けに行きましょう！

と思っていたらそこへ景勝様の姉上「清円院」様が通りかかりました。
清円院様は景虎様の奥さんです。これはちょうどいい、尋ねてみましょう！
しかし、どうやらこのパソコンは景虎様のものではないそうです……。

一体、誰のパソコン？
イケメンの景虎様にはファンが多いので女子社員の誰かでしょうか！？
すると、謙信様が現れ

「ヒ〜ック、おー、吾のパソコンこんなところにあったか！！」

と言いながら持ち去っていきました。

え！？　どういう事？

謙信様の心の中では、次期社長を景虎様に決めてるって事でしょうか？
ｶﾞｶﾞｶﾞｰΣ(ll ﾟωﾟ(ll ﾟдﾟll)ﾟ∀ﾟll)ーｼ!!!

コメント欄 (2001)

投稿者：<u>上杉景虎</u>　天正4年　1月14日　未の刻
1つ忘れないでもらいたい事がある。
オレはイケメンじゃない！超イケメンだ！！
次期社長の件は決まりだな（★￣∀￣★）にやりッ☆

投稿者：<u>上杉景勝</u>　天正4年　1月14日　未の刻
景虎！そうじゃないんだよ！！父上はそっちの気があるから、
ただ貼り付けてただけだろw　ｳﾋｬﾋｬﾋｬ

投稿者：<u>上杉景虎</u>　天正4年　1月14日　未二つ
超イケメンの景虎だ！モテない景勝くんがひがむんじゃないよ。

投稿者：<u>上杉景勝</u>　天正4年　1月14日　未二つ
じゃ、父上と一緒に風呂入れるんだな？w　ｳﾋｬﾋｬﾋｬ

――コメントが2千件を越えましたーー

投稿者：<u>樋口兼続</u>　天正4年　1月14日　亥の刻
あのー、大変恐縮ですがよそでやってもらえませんデｼｮｳｶ？

TOP

天正4年　1月15日

ボクのお仕事

皆様、こんにちは！
今日、生まれ故郷の南魚沼にいる父「樋口兼豊」から宅急便が届きました。

包みを開けてみると、中には1冊の本。
「会社の電気はいちいち消すな」（著・坂口孝則　光文社）
という節約術のビジネス書です

父上！☆⌒(*^▽ ゚)vありがﾄｼ

父は上杉家全体の経理を担当している取締役です。
幼い頃、「ボクの父はなんて地味な仕事してるんだろう……」と悲しい気分になった事があります。

毎日、暖房や炊事に使う炭の残量を数えたり、コツコツとデスクワークに精を出したりする父。正直、合戦で活躍している父親を持つ友達がうらやましかったです。

そして、大人になったボクは景勝様が部長を務める「上田衆」というセクションで主に経理を担当する事になりました。

実際に経理の仕事を経験してみて、ボクはやっと父のスゴさに気付きました。
お金の流れをキッチリとつかんで、無駄な出費が出ないようにしないと会社は破産してしまいます。

父がキッチリと炭を数え、無駄を出さなかったからこそ
上杉家の財政は安定し、合戦が出来たのですね！

よ～し！　ボクも父に負けないようコストカットするぞ！
(・∀・｡)(-∀-｡)ｳｿ♪
～と、決意も新たにしたところへ景勝様からメール。

景勝メール　「これ、落ちるよね？w」

広辞苑ほど厚くなった
キャバクラ領収書の写メが添付されていました……。(ﾉﾉ｀｡)ｸﾞｽﾝ

コメント欄 (4)

投稿者：直江景綱　天正4年　1月15日　辰二つ
頑張っておるようだな。ワシもどちらかというとデスクワーク組だが、
お前がいればいつ死んでも大丈夫そうだな。ゴホゴホッ！ｏｒｚ　もう駄目

投稿者：樋口兼続　天正4年　1月15日　辰二つ
おぉ！　専務の直江様！！
いえいえ、ボクなんかまだ未熟者ですからいつまでもお元気で！

投稿者：泉沢久秀　天正4年　1月15日　未の刻
ウースッ！そういえば、この前オレが出した領収書落としてくれた？

投稿者：樋口兼続　天正4年　1月15日　未の刻
イズミン、綾波レイの等身大フィギュアがなぜ合戦に必要なのか？
納得のいく説明シテクダサイ。

[◀◀] [←…前のページへ] [HOME] [次のページへ…→] [▶▶]

樋口兼豊の
『内勤 My Life』
デスクワークとは？

　ヒー！　忙しい。兼続の父、兼豊でございます。最近、息子もやっとデスクワークの大切さに気付いてくれたようでホッと一安心。侍は合戦で戦闘ばかりと思われがちですが、決してそういうわけではありません。デスクワークも大事！　炊事や暖房に使う炭の管理とか、照明に使うロウソク用の油の管理とか。出来るだけ安く仕入れたり、使い過ぎている部署には注意したり。あと、市民からの税金を集めるのも我々の役目ですな〜。合戦で手柄を立てるタイプの方は、ほぼ合戦に力を注げばいいのですが、デスクワーク組は日々の事を取り扱ってますので、地味ですがけっこう忙しいのでございますよ……。

「樋口兼豊」の武ログより一部抜粋

天正4年　1月19日

平穏な日々

皆様、こんにちは！
今日は何も書く事がありません！　そのご報告でした。

コメント欄 (4)

投稿者：泉沢久秀　天正4年　1月19日　卯の刻
ウースッ！じゃ、何も書くな！ネタなかったら休めw

投稿者：樋口兼続　天正4年　1月19日　卯の刻
日にち空けちゃうと読者の方に失礼かな〜と思いまして……。

投稿者：上杉景勝　天正4年　1月19日　辰二つ
安心しろ。コメント欄見ればわかると思うが、
読者は3、4人しかいないw　ｳﾋｬﾋｬﾋｬ

投稿者：樋口兼続　天正4年　1月19日　辰二つ
ｶﾞｶﾞｶﾞ━Σ(ll ﾟωﾟ(ll ﾟдﾟll)ﾟ∀ﾟll)━ﾝ!!!

天正4年　1月25日

鬼になります

皆様、こんにちは！
この前、コストカットを決意してから提出された領収書を見直す作業に入りました。結果、7割の領収書を差し戻しました……。

これまでのボクはちょっと甘かったかもしれません。
今後ビシビシやらせてもらいます！

『上田衆の皆さん、節約を心がけましょう！』

上田衆のみんなが清算しようとしたメチャクチャな領収書を参考に、
「こんな領収書は認めないリスト」を作りました。

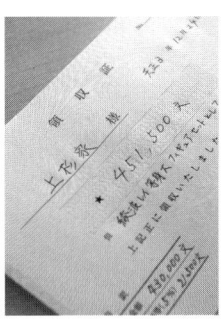

一、個人的なキャバクラ遊びは経費として認めません！
一、綾波レイの等身大フィギュアは合戦道具ではありません！
一、弓矢の練習でフォアグラを的にしたという説明には無理があります！
一、刀の試し斬りでエコ家電を使うのは、全然エコじゃないのでやめて
　　下さい！

　　〜以下、126項目〜

ふぅ〜。なんかものすごくアホらしいものを作った気がするのは
ボクだけでしょうか？　 il||li__| ̄ |○il||li

さて、今日は上杉家の本社「春日山城」で大事な会議がありました。
会議室に入ると、いつもと様子が違います。
いつも酔っているはずの謙信様、今日はお酒を飲んでいません。

その内容とは……

申し訳ありません！　社外秘につき、まだお知らせ出来ません！！
｡o˚(Д｀q)))【˙·ごめんなさい·˙】(((p´Д`)o｡

コメント欄（4）

投稿者：<u>上杉景勝</u>　天正4年　1月26日　子の刻
「春日山城」だけに…節約なのかな？ｗ
お前、トゥースの人？ｗｗ　ｳﾋｬﾋｬﾋｬ

投稿者：<u>樋口兼続</u>　天正4年　1月26日　子の刻
そっちじゃないです！　目標はカルロス・ゴーン！！

投稿者：<u>織田信長</u>　天正4年　1月26日　丑の刻
なに？なに？秘密にされると知りたくなるのだが？
炎上上等！　―天下布武―

投稿者：<u>樋口兼続</u>　天正4年　1月26日　丑の刻
あっ！　の、信長様。え〜と、大した事じゃありませんので……。

TOP

天正4年　2月3日

出費が……

皆様、こんにちは！
更新がちょっと滞ってしまい申し訳ありません。

前回の記事でも書きましたとおり、上杉家で"ある重大な決定事項"があり、
全社員はその準備に追われております。

準備をするという事は、買い物の機会が増えるということ。
またまたお金が出ていく……。

上田衆は、けっこう大所帯のセクションなので何かと物入りになるのです。

そこで、
今回、購入した物をノートに記帳してみました。

在庫管理ノート

米	馬	弓	矢	火縄銃
2245俵 (＋489俵)	198頭 (＋21頭)	983張 (＋100張)	86732本 (＋20000本)	38丁 (＋4丁)

備考…「綾波レイ等身大フィギュア」1体　返品発送済み

今、火縄銃が大流行ですが、高いよ〜(●´･△･`) はぁ〜
1丁分で馬10頭くらいは買えるほどです……。

コメント欄 (2)

投稿者：泉沢久秀　天正4年　2月3日　丑の刻
ウースッ！返品されたかρ(･ω･、)イジイジ
アスカだったら認めてくれるの？w

投稿者：樋口兼続　天正4年　2月3日　丑の刻
ダメです！　先に言っておくけど、マリもダメ！！　(`A´)

TOP

天正4年　2月26日

トレーニング

皆様、こんにちは！
やっぱり忙しくて、23日も間が空いてしまいました(ノД`)･゜･。

今日は、上田衆のみんなと合戦のトレーニングをしました。
実はボク、まだ合戦を経験したことがないんです。

すでに初陣を済ませているイズミンが先生となって刀の練習。

「いつでも好きなように斬りかかって来い！」
〜と、さすが経験者は余裕ですね。

さあ、行くぞ！………凹○ｺﾃｯ。
う、甲冑が重くてスッ転んでしまいました。
約30kgはあるので走ろうとすると無理がありますね。

イズミンに、"甲冑スタイルは、腰を低くして移動しなきゃダメだよ！"と教わり、
再チャレンジです！　ソローリ近づき、刀を振り回そうとしました。
ちょっと重いけど……何とか頑張ります……。

しかし、そんなことやってるうちにイズミンの刀がボクの首筋で
スンドメΣ(ﾞ□ﾟ;)ｶﾞｰﾝ

イズミン　「お前、根本的に間違ってるｗ」

えぇ、何が間違ってるの！？

コメント欄

投稿者：<u>泉沢久秀</u>　天正4年　2月3日　辰の刻
ウースッ！さあね？ｗ

投稿者：<u>樋口兼続</u>　天正4年　2月3日　辰の刻
イジワル！

[TOP]

天正4年　2月27日

トレーニングその2

皆様、こんにちは！
しつこく聞いたらイズミンが教えてくれました。

甲冑スタイル時の剣術って、普段着の時とは全然違うんだそうです。
『介者剣術』と言い、甲冑に覆われていない首筋や、鎧の継ぎ目を狙って刃先を突き出すような刀の使い方。逆に、防御は甲冑をうまく使って敵の刀をわざとくらうつもりくらいでOK。反撃で敵の弱点を狙っていくのが基本戦法とか。

甲冑フル装備だとスゴく重いので、
介者剣術は効率的な戦法だと思いました。納得です(o-´ω`-)ｳﾑｳﾑ！

コメント欄 (2)

投稿者：泉沢久秀　天正4年　2月27日　子の刻
ウースッ！お前、しつこいにもほどがあるだろ。ストーカーレベルｗ

投稿者：樋口兼続　天正4年　2月27日　子の刻
なかなか教えてくれないからだよ！

TOP

天正4年　3月17日

黒い影？

皆様、こんにちは！
もう3週間近くも空いてしまいましたね……。本当にスミマセン。

今日は、景勝様と一緒に社長室「毘沙門堂」へ。
最近、忙しさの原因となっている「社外秘重要決定事項」について報告があったのです。

外で待っていると、何やら黒い影がシュシュッと走り抜けて行きます。
疲れてるから幻覚でも見てる？　でも、確かに何かがいるような？

景勝様に尋ねると

景勝メール　「あ～、アイツらの事かｗ」
そして、黒い影の気配に合わせてスッ！　と足を突き出しました。

……ｼﾀﾀﾀｯ ﾍ(*¨)ﾉ　→　(((((((((((o_ _)o　ﾄﾞﾃｯ

コケた！　景勝様、お見事！！

なるほど、これが噂の 『軒猿』 か〜。

どこの企業でも、だいたい産業スパイ集団を雇っています。

山梨の武田「透破」
神奈川の北条「風魔」
東愛知の徳川「伊賀」 などが有名ですね。

当社で業務委託してるのは「軒猿」さんです。忍者は情報収集を得意としますが、「暗殺卍ザク(/'□')/ハウゥ!!」も仕事内容の1つ。軒猿は、特に暗殺を得意としてるんです。

普段は優しい謙信様ですが、裏ではこんな産業スパイ達を使わなければいけないなんて会社経営って大変ですね！

コメント欄（2）

投稿者：上杉謙信　天正4年　3月18日　寅の刻
ヒ〜ック。で、報告って何だったの？

投稿者：樋口兼続　天正4年　3月18日　寅の刻
あー！　軒猿に気を取られ、忘れてました(＿　＿|||)
ここには書きづらいのでメールさせていただきます！

TOP

天正4年　5月15日

「社外秘」解禁

皆様、こんにちは！
結局、しばらくはこんな更新ペースになってしまいそうです……。

今日、謙信様からの一斉メールが全社員に届きました。
いよいよ、あの件について動く時が来たようです。
そして、今日も謙信様は酔っていない様子（笑）

「上杉家は、織田家との業務提携解消を1月下旬に決定済みである。今後、織田信長は敵と認識する！」

ついに、公表する時がやって参りました。
織田信長は「天下布武」をスローガンに、全国の企業を傘下に置こうとしています。それが最終的に日本全国の平和につながるのはわかるのですが、その為なら"刃向かう者を全て叩きつぶす！"というやり方に謙信様は危険なモノを感じていたようです。

ボクも同感！　女性、子供や老人。そして、抵抗したとはいえお坊さん達まで成敗するのはいかがなものでしょう？

本日、謙信様は織田信長の武ログ『NOBUNAGA　魔王城』へ業務提携解消の意思を書き込んだそうです。

〜とはいえ、日本のトップ織田家との戦いは厳しいモノになるかも！？
でも、負けませんよ(ﾉ*´>ω<)ﾉいよーぅ

コメント欄 (1)

投稿者：織田信長　天正4年　5月15日　辰の刻
なるほど　そういうことか
予は敵には一切容赦しない主義だから覚悟しておけ

TOP

天正4年　9月1日

出張へ

皆様、こんにちは！
ついに数ヶ月に渡った苦労の総仕上げ、
富山の「畠山家」を倒すべく出張です。

社長「畠山義隆」が経営する「畠山家」は「織田家」と業務提携中。

まずはここを手に入れて、隣の福井に控える織田家にプレッシャーを!

春日山城から謙信様直属の社員を先頭に、続々と行進が始まりました!
城下町は見送る市民の皆さんで盛り上がっています!!

さあ、いよいよボクら上田衆の番。皆様、声援お願いします!

……シーン(´・ω・)yー。O(´・ω・`)ショック……

あれ? ボクらの周りには誰も集まって来ないンデスケド……。
すると、近くから「キャー!(≧∀≦)ノフ———ッ!」
〜という、キャピキャピした女性達の声が聞こえてきます。

あっ! あれは景虎様だ。
「北条高広」様、「柿崎晴家」様といった重役を引き連れ
悠々と投げキッスしながらの行進。さすがは抜群の人気を誇るイケメン。
ギャラリーを全て持って行かれてしまいました……。

そんな景虎様達の行進を見た景勝様からメール着信。

景勝メール 「ふっw
            ありゃ北条三郎ファミリーだなww」

え!? 北島三郎ファミリー? 一瞬迷いましたがボクの読み間違い(笑)

景虎様は、もともと神奈川の北条家から人質としてやって来て、あまりのイケメンぶりに、謙信様のお気に入りとなり養子に迎えられた方です。
もともとの名前は「北条三郎」。〜というわけで、景勝様は「北島三郎ファミリー」になぞらえたんですね(笑)

更に、景勝様のメールは続きます。

景勝メール 「高広が山本譲二で、
            晴家が小金沢くんってとこww」

な、なるほど(笑)

コメント欄 (2)

投稿者：上杉景勝　天正4年　9月1日　午の刻
なんか、今日の昼飯は「ちらし寿司」気分だな？w　ｳﾋｬﾋｬﾋｬ

投稿者：樋口兼続　天正4年　9月1日　午の刻
一応、「すし太郎」持って来ておいてよかったです(￣ - ￣)ﾆﾔ...

上杉景虎の
『さすらい道連れ世はイケメン』
北条家から上杉家へ

　超イケメンの景虎だ！　いや〜、上杉家は居心地イイネー。なんか社長になれそうな雰囲気もあるし、実家の北条家よりよっぽどいいやw　神奈川の北条家は山梨の武田信玄と業務提携して、何回も群馬と長野方面を乗っ取ろうとしたんだけど、その度に今の父「上杉謙信」に阻まれて失敗。それで、静岡の「今川家」も誘って三国で業務提携したわけ。でも、その後、今川義元が織田信長に倒されちまった。結局、弱った今川家を武田家が攻撃。「それはあまりにも可哀想……」ってわけで武田と敵対する事になったのだがこれが間違いのもと。北条家は千葉の方にも敵を抱えていたから、三方向から囲まれる形になったわけだな〜。それで、慌てたオヤジの「氏康」が上杉と業務提携して敵の数を減らそうとしたわけ。

　で、その条件として俺が人質となって上杉家にやってきた。実は、北条のオヤジの弟の娘と結婚してたんだけど、人質として送られる為に強制離婚までさせられたw　所詮、七男の扱いなんてこんなもんよ……、オヤジ怨むぜ！　でも、男好きの謙信様に惚れられたおかげで養子にしてもらったw　美男に生んでくれた事だけはオヤジに感謝！

「上杉景虎」の武ログより一部抜粋

天正4年　9月18日

初陣

皆様、こんにちは！
富山へと突入、畠山家の社員と戦う前に、まずは一向一揆が相手です。

新潟へちょくちょく攻め込んできては暴動を起こし、町を荒らしていた宗教勢力の「一向一揆」。畠山家を攻めるついでと言ってはなんですが、上杉家としてはこの機会に是非とも倒しておきたい！

初めての戦い……緊張です。
槍を構えていると、イズミンが笑いながら話しかけてきました。

泉沢　「お前！　槍の向き逆w」

あっ……！　急いで、槍を持ち替えようとしたその時！！
「南無阿弥陀仏」という声が林の奥から聞こえてきました。
そして、ついに姿を見せた一向宗が襲いかかってきます。

うわぁぁ..ヾ(｡ ￣□￣)ﾂ ｷﾞｬｧ!!
なんかわかりませんが、ボク大人気です。
一番弱そうに見えたのでしょう、一向宗が群がってきます。

あー、これは初陣で死亡かも！？　ｻﾖｵｫｰ｡ﾟ(´Д｀●)ﾟ｡ﾅﾗｧｧｰｯ!!!!
敵の槍が、ボクに向かって突き出された瞬間！

"バーン！"後ろの方から火縄銃の発射音が響き、相手は倒れました。

振り返ると、火縄銃を構えた景勝様がVサイン。
狙い撃ち♪(* ￣▽￣)oｰTｰTｰ

ありがとうございました！！

コメント欄（2）

投稿者：<u>上杉景勝</u>　天正4年　9月18日　酉の刻
わざと味方がヤバくなるまで放置して、いざという時に颯爽と助ける！
これがヒーローの間合いってもんだよw　ｳﾋｬﾋｬﾋｬ

投稿者：<u>樋口兼続</u>　天正4年　9月18日　酉の刻
あ、実はもっとはやく助けられたんですね？(＿　＿|||)
でも、ホント助かりました！

TOP

天正4年　10月9日

七尾城の戦い

皆様、こんにちは！
頭の中でイメージしていた大活躍とは違いますが、なんとか無事に初陣を済ませる事が出来ました！

一向宗との戦いは順調に勝利し、「富山城」、「増山城」、「蓮沼城」を奪取。
これで新潟が一向宗の暴動で荒らされることはないですね！
いよいよ、畠山家の本社「七尾城」へ！

しかし……七尾城の守りは堅く、攻撃がほとんど効いていないようです。
城を完全に囲んではいますが、日数だけが空しく過ぎていきます……。

ボク、上杉家の社員としてこれまでの上杉家の戦績を分析していました。
どうやら、外で戦う野戦にはめっぽう強いようですが、城を包囲する攻城戦はちょっと苦手のようなんです。

以前、神奈川「北条家」の本社「小田原城」を攻めた時は、約10万人の社員でも攻め落とせなかった。あれから大規模なリフォームがなされて、より守りの堅い城になっていますが、当時はそれほど堅固でもなかったらしいですよ。

んー、これには上杉家の合戦システムに何か根本的な問題がありそうです。
持久力がないのかなー？　研究を進めてみないとわかりませんね……。

追伸
この合戦中、専務の直江景綱様が体調を崩し早退しました。
直江様は上杉家のデスクワークを支える大事な方です。心配です……。

コメント欄 (2)

投稿者：<u>上杉謙信</u>　天正4年　10月9日　巳の刻
ヒ～ック、与六はいいところに気付いたな。
あ～、城の包囲が長くなると持ってきた酒の残量が気になるの～。

投稿者：<u>樋口兼続</u>　天正4年　10月9日　巳の刻
お疲れ様です！　もう、お酒の残りが少なくなりましたか……。
上田衆セクションでも食糧のストックが少なくなってきました。

TOP

天正5年　1月25日

補給

皆様、こんにちは！
前の更新から4ヶ月経ちますが、まだ七尾城を包囲してます……。

食糧をはじめとした物資のストックが微妙な残量になってきましたので、補給を行いつつ、日々過ごしております。

社内規則で、合戦中の補給は基本的に「現地調達」というスタイル。
上杉家は、機動力を売りにしてますので重い荷物は極力持ちません。
必要最低限の物資しか持たないので、一気に敵に迫る電撃的な野戦が得意なんですねー！

そして、現地では"外敵から絶対に守ってあげる！"という信頼関係のもと、
近隣の子会社から物資を提供してもらうんです。
これも、力強い謙信様のカリスマ性あってのものですね！　v(｡･ω･｡)ｲｴｲ♪

ちなみに、現地調達というと農村を襲って食糧を奪い取る「刈田狼藉」という方法もあるんですが、上杉家はそんな野蛮な事絶対にしません！

さて、物資の提供のお願いに近隣の企業を訪ねてまわる事になりました。
謙信様が、托鉢のお坊さんスタイルで登場！
甲冑姿もカッコイイですが、こっちも似合います〜。
さすが出家しているだけありますね。

何社かまわったんですが、謙信様！　それでいいんですか！？

「酒を所望したい」

「酒を所望したい」

「酒を所望したい」

いくら酒好きだからってそれだけじゃ体に毒ですよ！
もう49歳、平均寿命の50歳に近いんだから気をつけて下さい！

コメント欄 (4)

上投稿者：上杉謙信　天正5年　1月25日　未の刻
ヒ〜ック、酒やめるくらいなら死ぬｗ
そう言えば、ウチも昔は農村襲ってたよ。
まあ、評判悪くなるから禁止したけどｗｗ

投稿者：樋口兼続　天正5年　1月25日　未の刻
えぇ〜！　知りたくなかったデス(_ _|||)

投稿者：直江景綱　天正5年　1月25日　酉三つ
ゴホゴホッ！ｏｒｚ　もう駄目
もうワシは長くないようじゃ。謙信様も健康にはお気をつけ下され〜。

投稿者：樋口兼続　天正5年　1月25日　酉三つ
景綱様、そんな弱気な事言わないで！

TOP

天正5年　3月14日

残念なお知らせ

皆様、こんにちは！
まだまだ七尾城、前回の記事から2ヶ月近くも張り付きっぱなしですね。

今日、謙信様のキャンプに産業スパイ「軒猿」がやってきたようです。
それから間もなく、幹部社員の緊急招集。ボクも景勝様と一緒に行くことになりました。

謙信様　「ヒ〜ック、神奈川の北条氏政が群馬へ攻め込もうとしている
　　　　　ようだ。全社員、春日山城へ引き上げる！」

富山の畠山家を攻撃している留守を狙って、上杉家の子会社がある群馬を狙ったようです。このままでは、関東への大事な拠点を失ってしまいます。
残念ながら七尾城はあきらめて帰るしかないか从´_ゝ`从ｼｮﾎﾞｰﾝ

追伸
専務の「直江景綱」様が亡くなりました……。
直江家は、景綱の娘さん「お船」様の婿養子となっている「直江信綱」様が継ぐ事になったそうです。

コメント欄 (2)

投稿者：上杉謙信　天正5年　3月1日　未の刻
ヒ〜ック、敵に尻を見せちゃったw　キャーｗｗｗ

投稿者：樋口兼続　天正5年　3月1日　未の刻
さ、さすが衆道家らしいコメントですね……。

天正5年　4月14日

ホンノ一息

皆様、こんにちは！
まだまだ忙しい日々は続きます。

新潟の「春日山城」へ戻ったボクたち。今度は、群馬に迫りつつある
神奈川の北条家を迎え討つ準備をするべく物資のチェック。

在庫管理ノート

米	馬	弓	矢	火縄銃
1704俵 （-541俵）	186頭 （-12頭）	938張 （-45張）	74311本 （-12421本）	38丁 （±0丁）

備考…七尾城の合戦で現地調達した米の未使用分は全て返却済

んー、やっぱり合戦は消費が激しいな〜 (●´・△・`) はぁ〜

コメント欄 (2)

投稿者：<u>泉沢久秀</u>　天正5年　4月14日　未三つ
ウースッ！思ったより、米残ったんじゃない？
1俵もらっていい？ｗｗ

投稿者：<u>樋口兼続</u>　天正5年　4月14日　未三つ
1粒でも取ったら(怒`・ω・´)ﾑｷｯ

天正5年　5月9日

やはり野戦は強い！

皆様、こんにちは！
しばしの休憩をはさんで、群馬へ向かいました。いや〜、こういうスピードを

求められる戦いの時って上杉家の補給システムはホント便利v(｡･ω･｡)ｲｪｲ♪

謙信様の命令でほとんど食糧持ってきてません。
今回の戦いは、よほど自信あるんですかね？（笑）

上越インターから長岡ジャンクションを関越に入り、いざ群馬IN！
北条家のみなさんへ突っ込みます！！

楽勝！　北条家はすぐさま逃げ出しました。
すると謙信様のテンションUP！

「ヒ〜ック、尻じゃ、尻を見せて逃げる敵を追え〜！」
なんか、お尻を見たら興奮してしまったみたい（笑）

普通は討ち取った敵の首を見て、どんな武将を倒したのか確認する首実検というものを行うのですが、この日の謙信様はお酒を飲み過ぎたのか異常に興奮している様子。

「ヒ〜ック、尻じゃ、尻実験じゃ〜！」
〜と、騒いでいました(ﾟﾛﾟ)ギョェ

コメント欄（2）

投稿者：泉沢久秀　天正5年　5月9日　午三つ
ウースッ！尻を試す「尻実験」…。おかしな想像してしまったｗ

投稿者：樋口兼続　天正5年　5月9日　午三つ
想像しないで！

天正5年　7月28日

第2次　七尾城の戦い

皆様、こんにちは！
七尾城の戦いから2ヶ月経ちましたが、
再び攻撃を仕掛ける事になりました！

ちなみに、畠山家では社長「義隆」が急死したようで、息子の「春王丸」くんが新社長に就任したとの事。でも、まだ生後約2ヶ月だそうです……。
実質の経営は専務の「長続連」が担当しているとか。

さて、得意の超スピードで七尾城に迫ります。
ε＝ε＝ε＝ε＝ε＝┌(;　・＿・)┘

これには畠山家のみなさんも慌てた様子。
ボク達が七尾城下に駆け込んだ時、呑気にオープンランチを楽しんでいました。
急いで城に逃げ込みます。この状況を見た景勝様からメール。

景勝メール　「うひょｗ　ラーメン大好き小池さんの家に
突っ込んだみたいだｗｗ」

畠山家の皆さんは、猫の手も借りたいとばかり、農民までかき集めて城に立て籠もり始めました。その数、約15000人。こちらの社員は約20000人。

んーこれは厳しいかな？
「城を攻めるには、守っている人数の3倍は必要」と塾で習った覚えがあります。
しかも、上杉家は城攻めがあまり得意ではありませんから。￣Д￣＝3　ハァ

しかし、その様子を見た謙信様はなぜか笑みを浮かべています。
ヘ(￣ー￣)ﾉﾆﾔﾘｽﾞﾑｯ♪

そして

「ヒ〜ック、この戦い勝った！」

えっ！？　一体なぜ？

コメント欄（4）

投稿者：<u>上杉景勝</u>　天正5年　7月28日　亥の刻
オレ、1ミリもわかんねーｗ　　　ウヒャヒャヒャ

投稿者：<u>樋口兼続</u>　天正5年　7月28日　亥の刻
ですよねー？
でも、合戦のベテランである謙信様のおっしゃる事だから適当とは思えません。何を見て勝てると思ったんでしょ？

投稿者：<u>泉沢久秀</u>　天正5年　7月28日　亥三つ
ウースッ！畠山家の専務「長続連」って名前、どう読むのか？
さっぱりわかんねｗ　もしかして「連続」の打ち間違い？

投稿者：<u>樋口兼続</u>　天正5年　7月28日　亥の刻
間違ってないよ！「ちょうつぐつら」みたい。
ちょっと情報足りないから自信ないけど……。

TOP

天正5年　8月21日

第2次　七尾城の戦い②

皆様、こんにちは！
七尾城を包囲して約1ヶ月経過しました。

「勝った！」と思ったのは謙信様の勘違い？

……と、思っていたら異変が起こりました。
産業スパイの「軒猿」から謙信様のもとへ業務連絡のメール着信。

軒猿メール 「この写メをご覧下さい。七尾城の中で疫病が発生した
　　　　　　ようです！死者が続々と出ております。」

えっ！？　軒猿の写メには、目を覆いたくなるような死体の山。
そこで、謙信様はやっと勝てると確信した根拠を教えて下さいました。

ボク達があまりにも速いスピードで攻め込んだ為、畠山家の社員は慌てて城へ逃げ込みました。その様子を見て、謙信様は七尾城内の戦闘準備が不十分だと推測したようです。

恐らく、一番ネックになるのは食糧のストック。
農民まで収容してしまった為、食糧が減るスピードがぐっと早まったはず。そして、ついに餓死者が……。そうなると、死体から悪いウイルスが発生し疫病が広がります。

あの時、謙信様はそこまで読み切ったのですね。

(。-`ω-)ンー、ちょっと可哀相な気もしますが、
さすがはベテランだからこその着眼点。
戦いは人数で決まるわけではないのですね！

コメント欄 (4)

投稿者：上杉謙信　天正5年　8月21日　卯の刻
ヒ〜ック、1つ学んだようだな。作戦によっては良心が痛む事があるかもしれないが判断に迷ってはいけない。「戦いは一瞬で決まる！迷いのあった方が負ける！それが戦場の掟だ！！」

投稿者：樋口兼続　天正5年　8月21日　卯の刻
なるほど！　勉強になりました。

投稿者：泉沢久秀　天正5年　8月21日　辰二つ
ウースッ！謙信様、それは「機動戦士ガンダム0083」、サウス・バニング大尉の台詞ですね？w

投稿者：樋口兼続　天正5年　8月21日　辰二つ
えっ！？　えっ！？　元ネタありなのですか？

天正5年　9月15日

第2次　七尾城の戦い③

皆様、こんにちは！
七尾城を包囲して約2ヶ月。

疫病の効果もあって抵抗は日に日に弱まってきます。
そして、またまた産業スパイ「軒猿」からの業務報告メールがありました。

報告①　社長「春王丸」が疫病にかかり死亡。
報告②　包囲を抜け出しケータイの圏外エリアを脱出した畠山家の社員が
　　　　織田信長に援軍を頼んだとの事。
報告③　城内でこちらに味方する者が現れました。
　　　　チャンスを見て城門を開くとの事。

そうですか……。
わずか生後2ヶ月の「春王丸」社長は亡くなってしまったのですね。
こんな戦いが続く世の中、はやく終わればいいのに(´ｎ｀｡)グスン

そして、七尾城の城門は開かれました。
上杉家の社員が続々と突入！　畠山家の社員は、ほぼ全滅。
専務の「長続連」も死亡。こうして、畠山家は倒産し、上杉家は
富山と石川の能登半島を手に入れました。

コメント欄（2）

投稿者：上杉景勝　天正5年　9月15日　午の刻
やべー、七尾城って疫病流行ったんだろ？
完全防護服忘れて入っちまったｗ　ウヒャヒャヒャ

投稿者：樋口兼続　天正5年　9月15日　午の刻
景勝様なら、疫病のウイルスくらい平気な気がします。
なんとなくですが、ウイルスの方で避けて通るというか……。

TOP

天正5年　9月23日

手取川の戦い

皆様、こんにちは！
先日終了した「七尾城の戦い」。
謙信様にはとても大きな意味を持った合戦だったようです。

次は「打倒！　織田信長」

そんな決意を込めて、漢詩を作ったそうです。
謙信様の武ログに書かれておりますので、是非とも探して見て下さいね！

さて、いよいよ本命「織田信長」と激突する時が近づいて参りました！
産業スパイ「軒猿」の報告によると、織田家の子会社で、福井に本社を置く「柴田勝家・軍団」を援軍に向かわせているとの事。その後から、信長も接近している様子。

どうやら、柴田勝家はまだ七尾城が陥落した情報をつかんでいないみたいです。七尾城を包囲しているボクらの後ろから攻めようと、大急ぎで「手取川」を渡ろうとしているそうです。

その報告を聞いた謙信様は(￣ - ￣)ﾆﾔ...

「ヒ〜ック、川を渡り終えて安心しているところに
　襲いかかれ！
　後ろは川じゃ、慌てたヤツらは逃げ場がなくて
　混乱するぞ！！」

なるほど〜、勉強になるな〜v(=∩_∩=)ﾌﾞｲﾌﾞｲ!!
合戦は、相手が一番嫌なタイミングを狙うのがいいのですね！

ボクらは「柴田勝家・軍団」を待ち伏せ。
すると、敵がやってきました！　全力で川を渡ってヘトヘトに
疲れているみたい　＿|￣|○i|||||iモウダメポ

その瞬間、謙信様の突撃命令です！
大慌ての「柴田勝家・軍団」。
斬られたり、川で溺れたり、と散々な様子で逃げ帰って行きました（笑）

コメント欄（2）

投稿者：上杉謙信　天正5年　9月15日　酉の刻
ヒ〜ック、合戦は嫌がらせの応酬じゃ。昼ドラみたいなものw

投稿者：樋口兼続　天正5年　9月15日　酉の刻
そ、そうなのですか！？

TOP

天正5年　12月23日

ロスト

皆様、こんにちは！
さすがに連戦でヘトヘトです ﾟ.+:｡ｸﾗ (@O@) ｸﾞﾗ.+:｡
お休みをいただきリフレッシュしたところで物資の在庫チェック。

在庫管理ノート

米	馬	弓	矢	火縄銃
1352俵 （−352俵）	174頭 （−12頭）	902張 （−36張）	48470本 （−25841本）	37丁 （−1）

備考…七尾城で手に入れた米は疫病感染の恐れがあるので廃棄しました

ガーーーーーーΣ(ﾟ□゜*川ーーーーーーーーーン!

ひ、火縄銃を1丁失ってしまった……。
すごい高かったのに///orz///ズゥゥゥゥン

コメント欄 (2)

投稿者：上杉景勝　天正5年　12月23日　辰の刻
手取川の戦いの時、水中で撃てるか試したらシケちゃったので捨てたw
ｳﾋｬﾋｬﾋｬ

投稿者：樋口兼続　天正5年　12月23日　辰の刻
なんて事するんです！

TOP

天正6年　1月5日

嬉しい贈り物

皆様、あけましておめでとうございます！
今年は織田信長との対決があるのでますます頑張るぞ〜〜！！

今日、南魚沼の実家にいる父「兼豊」から小包が届きました。
前にもプレゼントをもらいましたが今度は何だろう？
包みの中には1冊の本が入っていました。

「お金と時間を節約する買い物術」（著・垣田達哉　講談社）

これから合戦の準備で買い物が忙しくなるからありがたいな〜。
父上、ほんとうにありがとう！　ｱﾘ(´･ω･)(´_ _)ｶﾞﾄ♪

コメント欄 (2)

投稿者：上杉景勝　天正6年　1月5日　午の刻
そう言えばこの前、兼続のオヤジさんがそれ買ってるの見た。
しかも、BOOKOFFで値切ってたぜw　ｳﾋｬﾋｬﾋｬ

投稿者：樋口兼続　天正6年　1月5日　午の刻
ま、まさに節約じゃないですか！

天正6年　3月8日

準備完了

皆様、こんにちは！
ここ最近、伝票と在庫をチェックする毎日です。
約2ヶ月かけて上田衆の合戦準備は整いました。

父上からの、素敵な本の効果もあって思ったより、リーズナブルに
揃っちゃった。(●*>⊔<p喜q)*°・。+°

在庫管理ノート

米	馬	弓	矢	火縄銃
1852俵 （＋500俵）	204頭 （＋30頭）	1152張 （＋250張）	98470本 （＋50000本）	42丁 （＋5）

備考…大量に一括仕入れしたら、お店の人に矢を2万本おまけしてもらった。
一括仕入れの方が断然お得ですね！

それはそうと……

そして、火縄銃を手入れしている時のことです。
謙信様の姉君であり、景勝様の母上「仙洞院」様の名前で
一斉メールがありました。

「緊急招集！　春日山城、大広間にて重要な発表があります」

一体、何でしょう？
ボクは慌てて向かいました。

コメント欄

なし

天正6年　3月9日

一大事

皆様、今日は残念なお知らせをしなければなりません……。

謙信様が倒れました　ｶﾞｸｩ━il||li(っω`-。)il||li━ﾘ…

急いで景勝様と一緒に緊急治療室へ。同時に景虎様も到着しました。
仙洞院様の話によると、謙信様は意識を失う直前こう言ったそうです。

「ERのジョージ・クルーニーを呼べ！
　あのナイスガイに、吾の体を見てもらいたい！！」

しかし、動転していた仙桃院様は謙信様が子供の頃使っていたおもちゃ箱からファミコンソフトの「イーアルカンフー」を持ってきてしまったとか……。

城内の緊急治療室に運び込まれ、治療が行われているのですが意識を取り戻す様子は見られません。心電図の波はどんどん小さくなるばかり……。

コメント欄（4）

投稿者：<u>泉沢久秀</u>　天正6年　3月10日　丑の刻
ウースッ！謙信様の望みならオレがジョージを連れてくるよ。
アレだろ？「ロード」歌ってたヤツ。

投稿者：<u>樋口兼続</u>　天正6年　3月10日　丑の刻
それは、第13章まで歌ってる高橋の方だね……。

投稿者：<u>泉沢久秀</u>　天正6年　3月10日　丑の刻
ウースッ！じゃ、「みちのく一人旅」歌ってたヤツ？

投稿者：<u>樋口兼続</u>　天正6年　3月10日　丑の刻
イズミンは探しに行かない方がいいと思う……。

TOP

天正6年　3月13日

天へ……

皆様、ウヮァーーーーー。゜(´Д｀)゜。ーーーーーン!!!!
謙信様の容体は一向に回復する様子がありません。

謙信様〜〜！！

ボクの声が届いたのでしょうか？
謙信様は力を振り絞り、半身を起こしました。
そんな様子に、姉上の「仙洞院」様は何か感じ取るものがあったのでしょう。
謙信様に杯を渡し、お酒を注ぎ始めました。

謙信様は天に向かって杯を掲げ何かをつぶやいています。
力強かった謙信様からは想像も出来ないようなか細い声……。

でも、ボクには聞こえました。

「四十九年 一睡の夢 一期の栄華 一盃の酒」

そして、最後の力を振り絞った謙信様が一言。
「信玄、そっちにも川中島はあるのかの〜?」

数多の戦いを繰り広げた謙信様でしたが、生涯でライバルと認めたのは武田信玄ただ1人であったのでしょう……。織田信長との戦いを控えていた矢先でしたが、信長の姿など眼中にない様子です。

きっと、向こうで決着をつけようとしているのですね
(T-T)(T-T) ウルウル

「上杉謙信」様、享年49でした。

コメント欄 (4)

投稿者：名無しさん　天正6年　3月14日　丑三つ
ウンバホ♪z(-_-z))…..((s-_-)sウンバホ♪

投稿者：名無しさん　天正6年　3月14日　丑三つ
└(｀o´)┐ウッг(｀○´)┘ハッг(｀o´)┐ウッ└(｀O´)┘ホホッ

投稿者：名無しさん　天正6年　3月14日　丑三つ
よいよい♪ヾ(￣ － ￣ ヾ))))(((((ノ ￣ － ￣)ノよいよい♪

投稿者：樋口兼続　天正6年　3月14日　丑三つ
コラー！　どうせ信長の仕業でしょ！？
謙信様のご遺志はボク達が受け継ぐ。絶対、成敗してやるからな！！

天正6年　3月14日

マズいです……

皆様、天国の謙信様へ祈りを捧げましょう。
そして、ボクの心には上杉家の力をあわせて織田信長を倒す！！
〜という考えが宿っています。

しかし……、上杉家はある1つの問題を抱える事になり、そんな思いは
果たせなくなりそうです。

それは、上杉家緊急会議での一幕。

「新社長を誰にするか！？」

会議での意見は真っ二つに割れてしまいました。
謙信様は生涯独身を貫いたのですが、それでは上杉家の未来に後継者不在と
いう問題が起こります。そこで、「景勝」様と「景虎」様、2人の養子を迎えた
まではよかったのですが……どちらを後継者とするのか！？　はっきりと決め
ていなかったのです。

「景勝」様を推す者、「景虎」様を推す者、全く意見が噛み合いません
(●´·△·`) はぁ〜

結局、上杉家は2つの派閥に別れ社長の座を争う事に。

ボクらの所属する上田衆は、もちろん景勝様側へついたのですが、
果たしてこれで良かったのでしょうか？

これじゃ、一番喜ぶのは信長ですよ。(ノд`@) ｱｲﾀｰ
でも、どうせ戦うなら勝つしかありませんね！！

コメント欄 (5)

投稿者：<u>直江信綱</u>　天正6年　3月14日　未の刻
直江家の婿養子で後継者の信綱じゃ。私も景勝様派なのでよろしく！
さ〜て、来週の上杉家は〜
・景勝様が景虎をしばく！
・景虎が土下座
・景虎がうっかり切腹　の3本です！

投稿者：<u>上杉景勝</u>　天正6年　3月14日　未の刻
マスオ！？w

投稿者：<u>樋口兼続</u>　天正6年　3月14日　未の刻
信綱様、こちらこそよろしくお願いします！
そんな3本立てになるといいですね（笑）

投稿者：<u>樋口与七</u>　天正6年　3月14日　亥の刻
兄上！ボクも田植え衆として働く事になったよ！

投稿者：<u>樋口兼続</u>　天正6年　3月14日　亥の刻
与七、田植え衆じゃなくて上田衆だから間違えないで！（笑）

上杉景勝の
『仮面王子』
景勝 vs 景虎 の パワーバランスとは？

　ウヒャヒャヒャw　生粋の新潟っ子の俺が何ですんなり新社長になれない？w　上杉家の古株社員の多くと、親戚連中まで神奈川っ子「景虎」の味方についちゃったんですけど？w
　まあ、上杉家って言っても元々は「長尾家」。長尾家同士の争いが絶えなかったから、俺の実父と対立してたヤツが、その頃の怨みで景虎についたみたいだな……。

「上杉景勝」の武ログより一部抜粋

天正6年　3月15日

上杉vs上杉

皆様、こんにちは！
実はちょっと眠いです。緊急会議後、景勝様側の作戦会議がありました。
でも、なかなかいい作戦は出てきません……。

ボクも謙信様の様に、鋭い視点からの作戦を提案したかったのですが、
いざ自分で考えるとなると難しいものです从´_ʋ`从ショボーン

そうこうしてると、産業スパイの「軒猿」が現れ報告を始めました。
ε=ε=ε=┌(ﾟﾛﾟ;)┘ﾀﾞﾀﾞﾀﾞｯ!!

景虎様の支持者である有力社員「柿崎晴家」様が急死したというのです。
というか……、謙信様直属の「軒猿」なのに、いつの間にか景勝様の命令に
従っているようです。そして、このタイミングで柿崎様の急死。

もしかして、ボクの知らないところで景勝様は既に動き出しているのかもしれ
ません。景勝様を見つめると、ボクのケータイにメール着信。

景勝メール　「実は、父上が倒れた瞬間、
　　　　　　　軒猿に話つけといたｗ」

更に！
今、どっちにつくか態度を決めかねている社員に対し、勧誘をしているそうで
す。景虎様が社長になった場合、北条家に子会社化される危険性を説明した
のだとか。

確かに、北条家出身の景虎様。
その可能性は否定出来ないでしょうから、効果ありそうですね～。

手の込んだイタズラ好きな景勝様、実はこういう場面でもしっかり
手の込んだ事をやっているのですねー￣)ﾆﾔｯ
上司の新たな一面を見た気がしました。

コメント欄 (3)

投稿者：上杉景勝　天正6年　3月15日　丑の刻
景虎、つうか北条のサブちゃん、今頃祭りだ！祭りだ！大慌てｗ
兼続、オレの武ログに作戦書いてあるから読んどけよｗｗ　ｳﾋｬﾋｬﾋｬ
http://kage-blog.uesugi.ne.jipang/

投稿者：上杉景虎　天正6年　3月15日　丑の刻
超イケメンの景虎だ！作戦知ろうと思って、景勝の武ログ行ったら
エロサイト！！！　鬼の様にスパムメール来るぞ！
＾（￣□￣#）＾ψむき～（怒）

投稿者：樋口兼続　天正6年　3月15日　丑の刻
景虎様、残念ながら敵同士となりました……。
今後はアクセスブロックかけさせていただきます(*＿＿)人ゴメンナサイ

TOP

天正6年　3月24日

春日山城へ

皆様、こんにちは！
景虎様との合戦が本格的に始まることになりました。

まず上杉家の本社「春日山城」の中枢を敵より先に押さえる作戦。
謙信様の金庫に、莫大な額の資金が収められているので、それを手に入れようというわけです。

謙信様、申し訳ありません！
でも、ご遺志と強さを受け継ぐのはボクらの上司「景勝」様と確信しておりますのでお力を貸してください。

いざ、春日山城へ。しかし、向こうも同じ事を考えていたようです。
途中、景虎様配下の者と斬り結ぶ事に。何とか蹴散らし、お城へ。
そして、謙信様の社長室「毘沙門堂」へ突入です！！！

扉を開けてびっくり！

「酒くさ～～～Σ(￣ロ￣lll)　ｶﾞﾋﾞｰﾝ」

謙信様、いくらお酒が好きだったからって……
早速、ファブリーズをシュッシュッ!!(=ﾟωﾟ)r鹵~<≪≪≪≪≪

さて、金庫はどこでしょう？　なかなか見つかりません……。
いろいろ、部屋の中を探してたら……

毘沙門天像の裏に何か箱がありますよ！
きっと、これだ！！！

～というわけで、箱を開けたらびっくり！
確かに金ですけど、ポロリ系の金です……。

裸の男性の金○がモロ出しになっているゲイ雑誌でした。
謙信様、こんなところに籠もって密かに妄想してたわけですね。
(;´Д`●)ﾉぁゎゎ

コメント欄 (2)

投稿者：<u>上杉景勝</u>　天正6年　3月24日　午二つ
そう言えば、父上は「そろそろ兼続も食べ頃だな～♪」って言ってた。
狙われてたみたいだなｗ　ｳﾋﾔﾋﾔﾋﾔ

投稿者：<u>樋口兼続</u>　天正6年　3月24日　午二つ
なんか、謙信様って気付くとボクの後ろに立ってる事多かったんですよね。
衆道へのお誘いラブメールもいただいた事が……。

天正6年　5月29日

御館の乱

皆様、こんにちは！
え〜と、景勝様の命令で「景虎」様と呼ぶのが禁止になりました。
「景虎サブちゃん」にしなさい、との事です……。

さて、初戦で春日山城の中枢を押さえた効果が出ています(*^-^)vｲｴｲ♪

あれから約2ヶ月。
こちらの方が高い場所にあるので、低い場所にある第3別館へ立て籠もる景虎サブちゃん……との戦いは有利に進むようになりました。

結果、サブちゃんは第3別館を放棄。
「御館」という別荘に引っ越して、そこを拠点に抵抗を続けています。

あと一息で勝てる！
〜と思ったのですが、サブちゃんの秘策が発動しました
ｶﾞｰーーΣ(ﾟДﾟ|||)ーーﾝ!!

実家である神奈川の北条家。
北条家の業務提携先である山梨の武田家。
更に、東北を広域に渡って押さえている蘆名家。

3方向に助っ人を要請し、春日山城を包み込む体勢を作ったのです……。
ボクらが本社「春日山城」を押さえてしまった事が、逆に仇になってしまった形です。これじゃ〜袋だたき！

そして、今回の合戦にコードネームを付ける事になりました。

景勝様は、**「サブちゃんの暴れ祭」** という案を出してましたが、
これが上杉家の社史に残ると思うと微妙ですよね。
(_ _|||)ｱﾊﾊ・・・

結局、サブちゃんが立て籠もった別荘にちなんで**「御館の乱」**と決定。
社史の記録上、一応、景勝様の案としてこちらは残す事になりました。

　　１　５　　　　７　　　　８
「いいこちゃん　ナイスなパンチラ！　御館の乱」（1578）

コメント欄（2）

投稿者：<u>泉沢久秀</u>　天正6年　5月29日　寅の刻
ウースッ！ねえ？どこどこ？御館にパンチラ姉ちゃんいるんだろ？w

投稿者：<u>樋口兼続</u>　天正6年　5月29日　寅の刻
イズミン……、きっといないから落ち着いて！

TOP

天正6年　6月12日

「御館の乱」NEWS

皆様、こんにちは！
厳しい戦いは続いております……。
助っ人をお願いし、少し余裕の出てきた景虎サブちゃんは、
また新たな助っ人を呼んだようです。

「御館」の前に1人？……いや1匹、と数えた方がいいのでしょうか？
ホタテの格好をした人が現れて歌い出しました。

**「♪御館をなめるなよ！　なめると危ないぜ！
　　それが御館の〜　御館の〜　御館のロックンロール！！」**

歌い終わるととっとと逃げていくホタテ。
え!?　それだけ？　一体、何だったのでしょう……。
後で、景勝様に教わりました。「オレたちひょうきん族」に出ていた
ホタテマンが替え歌を歌っていたのだと。な、なるほど！

さて、産業スパイ「軒猿」から業務連絡のメールが入りました。

「山梨の武田勝頼、どうやら借金苦のようです！」

写メには、武田家の社員が「むじんくん」に駆け込む様子が
写されていました。それを見た景勝様はv(￣∇￣)ﾆﾔｯ
そしてボクにメール着信。

景勝メール　「勝頼、札束でホホぶっ叩いてやれば買収出来るな。
　　　　　　　幸い、ウチには父上の遺産が腐るほどあるw」

武田勝頼は、謙信様のライバル「武田信玄」の息子さんです。
新社長に就任してからというもの、度重なる織田信長との合戦で出費大幅増！
資金繰りに困っていたようなのです。

こうして、金にモノを言わせて山梨の武田勝頼と業務提携する事になりました。
そして、春日山城への包囲網は解消されたのです。

追伸
武田家との業務提携の証に、景勝様が武田勝頼様の妹「菊姫」様と結婚する
事になりました。おめでとうございます！！

コメント欄（4）

投稿者：武田勝頼　天正6年　6月12日　午の刻
コラー！ウチは貧乏じゃなかとよ〜。
でも、一応、礼として「贈る言葉」がある。「ありがとう！」

投稿者：樋口兼続　天正6年　6月12日　午の刻
以前、織田信長の武ログ見た時、父上の信玄様も鉄矢風の博多弁でしたよね
……。やはり、武田同士ひかれるモノがあるんですね？

投稿者：上杉景勝　天正6年　6月12日　酉二つ
あーあ、結婚したらもう遊べねーw　ｳﾋｬﾋｬﾋｬ

投稿者：樋口兼続　天正6年　6月12日　酉二つ
所帯をもったんですから、しっかりしてください！

天正7年　3月24日

「御館の乱」NEWS②

皆様、こんにちは！
あれから3ヶ月、景勝様は新婚生活を楽しむ余裕もなく合戦に勤しんでおります。ボクも頑張らないと！（＞□＜）ﾅﾉﾗｧ～～～～!!!!

今、新潟では大雪……。その為、景虎サブちゃん側についている神奈川の「北条氏政」は足止めをくらって思うように近づけないでいるようです。

その隙に、ボクらは「御館」に総攻撃！(≧ε「+」ﾛｯｸｵﾝ!!
御館では負けムードが広がり逃亡者が続出しているそうです。
そして、ついに停戦の兆し？

御館には、もともと「上杉憲政」様が住んでいました。
当時、長尾という姓だった謙信様に「上杉」の姓を授けて義父になった重要人物です。今回の合戦では景虎サブちゃんに味方していたのですが、そんな憲政様が白旗を掲げて飛び出してきたとの事。

停戦申し込みの証拠に、人質として景虎サブちゃんのお子さん「道満丸」様も一緒のようです。

これで、合戦終わるぞー！(*^-゜)ﾌﾞｲｴｲ♪
しかし……異変が起こりました。

(((((￣＿￣；)ササササッ

(((c=(ﾟﾛﾟ;qﾎﾜﾁｬｰ

見知らぬ集団が憲政様と道満丸様に近づき、2人は斬られてしまい
ました！　道満丸様は、8歳だったそうです……。

これって景勝様の命令！？
横にいる景勝様の顔を見ましたがいつものように涼しい顔。

確かに、完全な勝利を収めるには敵にとどめを刺す必要があります。
生前の謙信様も「迷った方が負ける！」と、時には冷酷な判断も必要である事
を教えてくれたのを覚えています。

それを実行したのだとしたら……。
景勝様の心の中には、謙信様の教えが宿っているのでしょう。
例え、真相が惨いものであれ、ボクには何も言う事が出来ませんでした。

そして……戦う気力をなくした景虎サブちゃんは「御館」を捨て逃亡。
「鮫ヶ尾城」に逃げ込んだのですが、部下に裏切られ切腹したそうです。

コメント欄 (2)

投稿者：<u>上杉景勝</u>　天正7年　3月24日　午の刻
そう言えば、信長の武ログ見たら、俺が「貴乃花」で
景虎が「花田勝さん」って書いてた。敵ながらナイス例えw　ｳﾋｬﾋｬﾋｬ

投稿者：<u>樋口兼続</u>　天正7年　3月24日　午の刻
な、なるほど……。しかし、真相は闇のままなんですね……。

TOP

天正7年　4月1日

「御館の乱」レポート

皆様、こんにちは！

いろいろ複雑な思いもありますが、「御館の乱」は一応終了しました。

そして、景勝様は正式に社長就任。

まだ、景虎サブちゃん派の社員が少し残っているようなので、戦う事になるでしょう。その日の為に、在庫管理しっかりやっておかないと！

在庫管理ノート

米	馬	弓	矢	火縄銃
1367俵 (−489俵)	163頭 (−41頭)	909張 (−243張)	35985本 (−62485本)	30丁 (−12丁)

備考…春日山城を手に入れた時、各物資を入手するも今回の合戦で
　　　それ以上の消費

ガクゥ━il||li(つω ̀-。)il||li━リ…
この消費の激しさを見るだけで、「御館の乱」が上杉家にとってどれだけ損害の大きいものだったかがよくわかります……。

コメント欄 (2)

投稿者：泉沢久秀　天正7年　4月1日　卯の刻
ウースッ！兼続大変そうだなー。
今度、オレが在庫チェックやってあげるぜw

投稿者：樋口兼続　天正7年　4月1日　卯の刻
イズミン、魂胆わかってるよ！
経費でまた余計なモノ買う気でしょ？

TOP

天正8年　8月3日

昇進

皆様、こんにちは！
ずいぶん更新が滞ってしまって申し訳ありません。
(☆´;ω;p[★ｺﾞﾒﾝﾅｻｨ★]q

御館の乱の影響で、各支店となっている城がかなりボロボロになってしまいました。本社の春日山城の痛み具合もかなりのものです……。
社員総出の修理があって忙しかったあ！

さて、やっと落ち着いたところで、今日は上杉家の会議がありました。
この前の合戦の査定評価とともに昇級が発表されるそうです！
o(゛-´*o)(o*´-゛)oワクワク

春日山城の大広間に社員勢揃い。例によって、景勝様はメールでしか会話しないので1人1人に新たな役職が伝えられているようです。

もともと景勝様の上田衆セクションに所属していた者は、
ほとんどが昇進決まったようです。

でも……ボク、まだメール来てないんですけど从´_ʊ`从ショボーン
最後の1人になってしまいました。でも、ついに来ました！

景勝メール　「樋口兼続　課長　配属先：ショムニ」

ガーー∑(゜Д゜|||)ーーン!!　なんであんな部署に！？
噂の怖いオネーさん達しかいない部署ですよね……。

ガックリきているボクの姿を見ながらニヤニヤしている景勝様。
またまたメールが届きました。

景勝メール　「さっきのウッソー！w
　　　　　　　樋口兼続　常務取締役（財務担当）」

ギャーーーーーー∑ヾ(゜Д゜)ノーーーーーー !!!!

またまた冗談かと思いましたが今度は本当のようです。
21歳で「家老」という取締役になってしまいました！
こんな異例すぎる人事ってありなんでしょうか！？

コメント欄 (11263)

投稿者：泉沢久秀　天正7年　8月3日　巳の刻
ウースッ！俺、課長でよろこんでたらお前は取締役か。
一気に越されてる？w

投稿者：樋口兼続　天正7年　8月3日　巳の刻
ごめん、そうみたい……。

投稿者：名無しさん　天正7年　8月3日　午の刻
なんで上田衆ばっかり……。不当な評価だ！！

投稿者：名無しさん　天正7年　8月3日　午二つ
社長の解任要求しかないな！

投稿者：名無しさん　天正7年　8月3日　午二つ
こんな会社見限って、部下を連れて独立した方がいい！

――コメントが1万件を越えましたーー

TOP

天正8年　8月4日

もう1人の新任取締役

皆様、こんにちは！
ちょっとショックな事があります。今回の査定に不満のある皆さんがいるんですね……。特にボクの常務取締役就任が目立ったので、炎上の対象になってしまったようです。

さて、先日の昇進でボクと同じく異例の抜擢で取締役になった方がいます。主に外交を担当するそうです。今日、たまたま社員食堂でお会いしました。

「冷麺・ソーメン・ボク仮免！」

ん? なんかどこかで聞いたようなフレーズに近いあいさつで、
向かいの席に座ってきたのが「**狩野秀治**」さん。

そんなあいさつしてるのに、食べているのはチャーハン。
麺類じゃないんですねw
ボクはよく知らなかったのですが、「御館の乱」の時、どちら側につくか?
態度を決めかねていた社員に対して勧誘の交渉をしていたそうです。
(本人談)

そして、狩野さんは「ちょっとトイレ行ってきます」と席を立ちました。
なかなか戻ってきませんね……。

すると、食堂のおばちゃんがやってきて

「はい、これ! 狩野ちゃんの分の伝票だよ。
 おごってあげるなんて、兼続ちゃんも取締役になると違うもんだね!」

まあ、ここはボクがおごりますよ!
お給料増えるはずですからね (ノд`@) アイター

コメント欄 (5)

投稿者:上杉景勝　天正8年　8月4日　未の刻
そう言えば、お前も取締役になったことだし、「軒猿」の使用権限持たせる事
にした。あと、給料は平社員並みだからw　ｳﾋｬﾋｬﾋｬ

投稿者:樋口兼続　天正8年　8月4日　未の刻
()´д`() ｹﾞｯｿﾘ・・・

投稿者:軒猿　天正8年　8月4日　申の刻
[壁]_・。) ﾁﾗｯ
軒猿のリーダーです。早速、ご報告致します!
神奈川の「北条氏政」が息子の「氏直」に社長の座を譲りました。
しかし、会長として経営の実権は握ったままのようです。

投稿者：軒猿　　天正8年　8月4日　申の刻
［壁］_・。) チラッ
軒猿メンバーです。福島の「蘆名家」で社長の「盛氏」死去。
養子の「盛隆」が新社長就任です。

投稿者：樋口兼続　　天正8年　8月4日　酉の刻
軒猿の皆さん、ありがとう！

TOP

天正9年　6月16日

「御館の乱」の後遺症

皆様、こんにちは！
前の更新から約10ヶ月も経ってしまいましたね……。
御館の乱で失った物資を補充するべく、少しでも安く賢く買い物しようと走り回っておりました。

景勝様は、
**「父上が残した莫大な遺産あるんだから、
　バンバン使っちまえ！w」**

なんてメールをしてくるのですが、謙信様が残してくれたものだからこそ大事に使いたいのです。

在庫管理ノート

米	馬	弓	矢	火縄銃
4867俵 （+3500俵）	713頭 （+550頭）	3309張 （+2400張）	185985本 （+150000本）	240丁 （+210丁）

備考…今後、上杉家全体の管理をする事になりました。
　　　上杉家の全在庫と上田衆の持ち分を合流させました。

ふぅ～、よし、一安心！　これでいつ合戦が起きても大丈夫！

な〜んて思っていたら、軒猿から報告メールが入りました。

軒猿メール 「揚北衆セクションの新発田重家が裏切り、勝手に独立起業しました！」

えっ！？(´△｀)↓
「揚北衆」は私の出身である「上田衆」と並んで、かなり人数も多く、
上杉家の要となる大事なセクション。

そんな「揚北衆」の有力社員であった新発田さん……。
御館の乱では、福島から侵入しようとする「蘆名家」を最後まで邪魔して一歩も踏み込ませなかった素晴らしい手腕の持ち主です。

その後の査定で思ったような昇進が叶わなかったので不満を持っていたのですね。せっかく集めた物資がまた減りそうな予感……。
il||li_○/ ￣ |_il||li ﾅﾝﾃｺｯﾀ

コメント欄 (2)

投稿者：泉沢久秀　天正9年　6月16日　酉の刻
ウースッ！いや〜合戦か〜、残念だなw

投稿者：樋口兼続　天正9年　6月16日　酉の刻
イズミン、ホントは嬉しいクセに……。
君は特に矢の消費が激しいから節約してよ！

TOP

天正9年　9月10日

残念な事……

皆様、こんにちは……。

上杉家、ちょっと経営危機かもしれません……。
やはり「御館の乱」で2つの派閥に分裂してしまったダメージが大きかった。

ﾊｧー(-д-；)ーｧ...
そんな内輪もめしてる隙に西から織田家の「柴田勝家・軍団」が迫り、
南から福島の「蘆名盛隆」がプレッシャーをかけてきたのです。

柴田軍団の勢いはすごくて、あっという間に「石川の能登半島」、「富山」を奪
い取ってしまいました……。今は亡き謙信様が、必死の思いで手に
入れたモノを失ってしまうとは……。

そんな状況なので、勝手に独立した新発田さんをお仕置きに行く事が出来ま
せん……。とりあえず「本庄繁長」、「色部長真」を派遣する事になりました。
この2人が合戦に勝ってくれると助かるんですけどね～。

そして……、
「御館の乱」の置き土産というか、呪いはまだまだ続きます……。

乱の後の査定が不公平ではないか？
そう思っていた人物がまだいたのです。

取締役である「山崎秀仙」様、「直江信綱」様が、
不満を持っていた社員「毛利秀広」に斬られてしまいました！

急いで現場へ駆けつけると、山崎様は既に死亡。
直江様も虫の息です。

直江様に駆け寄ると
「さ、さ～て来週の上杉家は…
　・多分、俺死ぬw
　・直江家、断絶！
　・　　　　　　　　」。

結局、3本目を言えずに息を引き取りました。(´д｀。)グスン
大事な時期にまたしても大きなダメージを受けてしまった上杉家です。

コメント欄 (3)

投稿者：上杉景勝　天正9年　9月10日　酉三つ
信綱、逝ったか。3本目はきっと兼続に関係ある事だｗ
ｳﾋｬﾋｬﾋｬ

投稿者：樋口兼続　天正9年　9月10日　酉三つ
え！？　何ですかね？

投稿者：軒猿　天正9年　9月11日　申の刻
［壁］_・。)チラッ
軒猿リーダーです。新発田との合戦、膠着状態に陥りました！

TOP

天正9年　9月15日

そんな無茶な……

皆様、こんにちは！
今日、景勝様に呼ばれて春日山城の社長室「毘沙門堂」へ行きました。
ｵｫｫｰｰｰ!! w(ﾟﾛﾟ;w(ﾟﾛﾟ)w;ﾟﾛﾟ)w ｵｫｫｰｰｰ!!

部屋の主が変わると雰囲気も大夫変わるモノですね。
謙信様は酒瓶を並べてBar状態だったのですが、景勝様は
アイドルポスターだらけ（笑）

しかも、ちょっと古いような気もします……。

「高橋由美子」さんという人のポスターに「グッピー命！」と書かれています。グッピーって熱帯魚？　景勝様に理由を尋ねると～

景勝メール　「Good Personalityだからグッピーだよ。知らねぇの？ｗ」

普通、知らないと思うんですけど……。ちなみに高橋由美子さんは、
現在ウチの「ショムニ」で働いているとか（笑）

「C.C.ガールズ」？　こんなグループもあったんですね〜。
またまた景勝様に尋ねると〜

景勝メール　「モー娘。のメンバーチェンジ方式あるだろ？あれの走りみたいな存在。ただ、最終的に総入れ替えで原型なくなったw」

なるほど〜！　よく見るとバブル青田さんも所属してたんですね。
さて、そんな事はともかく本題は何でしょう？　尋ねてみました。

景勝メール　「お前、結婚しろ！これ業務命令w」

ヽ(｡ ゚)ノ へっ？
先日の騒動で直江信綱様が亡くなってしまい、このままだと名家「直江家」の跡取りがいないため直江家が存続出来ないそうです。そこで、未亡人となってしまった「お船」様に婿入りして直江家の跡を継いで欲しいとの事。

な、なるほど。
直江家は上杉家にとって大事な存在。会社の為ならお引き受けします！

コメント欄（2）

投稿者：上杉景勝　天正9年　9月15日　卯の刻
政略結婚おめｗｗｗ

投稿者：樋口兼続　天正9年　9月15日　卯の刻
そんな事、はっきりと言わないで下さい！

武ログ

直江兼続の
「愛want忠」日記

地の章

【天正9年〜慶長3年】

つらぬけ直江魂!
直江兼続公式ブログ
KANETSUGU NAOE

Presented by NIGENSHA

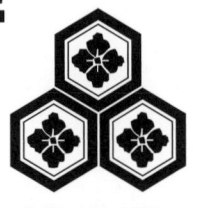

[<<] [←…前のページへ] [HOME] [次のページへ…→] [>>]

天正9年 12月14日

続・嬉しい贈り物

えっヘン！
お船様、あ、いや、お船と結婚し、「直江兼続」と名前を改め、武ログもリニューアル。21歳だからって軽く見られないよう、大人の言動を心がける事にした。
(エラそうですみません。でも、ひとまず今日だけ。必要な事なんです)

さて、南魚沼の実家にいる父「兼豊」から届け物があった。早速、中を見ると1冊の本。

「はじめての現場リーダーの教科書」
(著・国司義彦　明日香出版社)

取締役となって沢山の部下を抱えることになったので、これはありがたい。

チームをまとめたり、部下を動かしたりするコツが沢山書かれている。いつもの事ながら、父上に感謝。

Profile
直江兼続
[家老]

越後新潟の上杉家・家老、直江兼続です。21歳。主に内政面を担当しております。最近、妻帯いたしました。直江家のお船です。これからはグローバリゼーションの時代。港をいくつも持つ新潟ですから、海外との貿易や漁業で石高をあげ、上杉家を盛り立てていきたいと存じます。

・矢文を送る
・読者になる

人気！武ログランキング

1位	羽柴秀吉 →
2位	織田信忠 ↑
3位	織田信長 ↓
4位	北畠信意 ↑
5位	百地三太夫 ↑

コメント欄 (3)

投稿者：樋口与七　天正9年　9月17日　辰の刻
兄上！ボクにも父上から本が届いたよ。
でも、小学生のドリルばっかしなんだよね〜。

投稿者：直江兼続　天正9年　9月17日　辰の刻
与七にはちょうどいいかな？（笑）

投稿者：軒猿　天正9年　9月17日　申の刻
[壁]_・。) チラッ
軒猿メンバーです。先月、織田信長の次男「北畠信意」が、三重「伊賀の里」に独断で攻め込み、敗北しました！

TOP

天正10年　1月25日

取材

読者の方々、ようこそ我が武ログへ！
今日MHKというテレビ局が、私の人生をモデルにドラマ化したいと訪ねてきました。σ(∧_∧;)ｴ､ﾜﾀｼ?

まだ22歳ですし……。
正直そんなにネタないと思うのですけど……。
この武ログだって、読者少ないのですけど……。
コメントなんてリアル知り合いオンリー……。
私なんかでいいの？

MHKの担当者さんの話だと、
22歳の若さで取締役を務めている新進気鋭のビジネスマンというのが気に入ったそうです。

ちょっと不安な部分もありましたが、これで上杉家のPRになるならいいのかな？　とりあえず、MHKの方を連れ、景勝様に相談してみました。

Link
- 上杉景勝
- 狩野秀治
- 泉沢久秀
- 樋口与七

amasan.com

金持ち倒産 貧乏倒産
ロバート・キリサキ
在庫あり　1,800文

SenGokuoogle

外資系企業への転職なら
年収1000石以上限定！
国内最大級の
ハイクラス転職情報は
真田人材相談所まで。

SANADA
STAFF SERVICE

楽❶市
楽座

**兄弟げんかの味
御館の乱まんじゅう**
家紋の焼印サービス中

景勝メール 「へっ!?何で主人公オレじゃねーの?
　　　　　　受信料収めねーぞw」

ずいぶん騒いでいましたが、景勝様の登場シーンをグッと増やすとの提案で渋々納得していました。

コメント欄 (5)

投稿者：泉沢久秀　天正10年　1月25日　辰の刻
ウースッ！オレは？オレは？

投稿者：直江兼続　天正10年　1月25日　辰の刻
喜んで！　登場シーン、けっこう沢山あるらしい！

投稿者：狩野秀治　天正10年　1月25日　未二つ
冷麺・ソーメン・ボク仮免！
課長の泉沢くんが登場するくらいなら、取締役のボクも当然出番あるな！ｗｗ
ゲホッゲホッ！

投稿者：直江兼続　天正10年　1月25日　未二つ
見せてもらった台本に名前なかった気がします……。
具合悪いんですか？

投稿者：狩野秀治　天正10年　1月25日　未二つ
ガーーーーーーーΣ(゛□゛*川ーーーーーーーーッ！

TOP

天正10年　3月21日

Good bye武田家

読者の方々、ようこそ我が武ログへ！
半年ぶりの更新になってしまいましたね。
織田家「柴田勝家・軍団」が富山方面から攻めかかってきまして、
その対応に追われておりました。

そして、景勝様に業務提携先である山梨の「武田勝頼」様からメールが届いたそうです。それを見た景勝様からメールが届きました。

景勝メール　「織田信長に3方向から攻められてキツいって。　　　　　　援軍出して欲しいみたいだけど、　　　　　　ウチらイケる?」

むむむ……(一`´一)うーん
実は、上杉家も同じ様な状況です……。

最初に書きましたように、西の富山から織田家「柴田勝家・軍団」。
更に、北から山形の「伊達輝宗」、南から福島の「蘆名盛隆」が攻撃をしかけてきています。
そして、新潟の北端では「新発田重家」の独立騒動……。
はっきり言って、援軍を出せるほど余裕がないんです。
ﾊｧｰ(-д-;)ｰｧ...

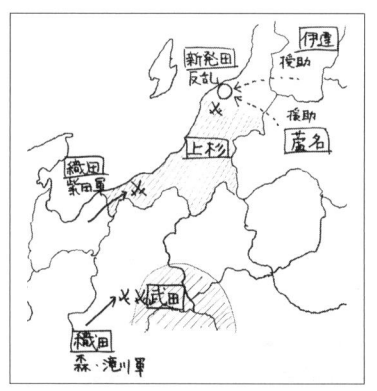

　　　　　　　　　　　　　　　　　←キツイでしょ?

結局、武田勝頼様には申し訳なかったのですが何も手助け出来ませんでした。それからほどなくして、軒猿から「武田家倒産」の報告。

「御館の乱」の際、武田家の協力がなければ上杉家が倒産していたかもしれません。

そんな大事な味方を助ける事が出来なくて、悔しい思いをした私でした。

コメント欄 (5)

投稿者：上杉景勝　天正10年　3月21日　酉の刻
武田家とは、金でつながっただけの関係だったけどなw　ｳﾋｬﾋｬﾋｬ

投稿者：織田信長　天正10年　3月21日　酉二つ
次は！おまいら！！ププッ(￣m￣*)
炎上上等！　―天下布武―

投稿者：泉沢久秀　天正10年　3月21日　亥の刻
ウースッ！いつもレスのはやい兼続くんだけど、珍しくつけないね？
死んだ？w

投稿者：直江兼続　天正10年　3月21日　亥二つ
生きてます！ﾊﾞｶｰヾ(*д*)ﾉﾞ
ただ、さすがに忙しくて。
信長にアクセスブロックかけるの忘れてたよ……。

投稿者：軒猿　天正10年　3月22日　子の刻
[壁]＿・。)チラッ
軒猿メンバーです。独立した新発田重家ですが、裏で福島の「蘆名盛隆」と山形の「伊達輝宗」が資金援助しているようです。

伊達政宗の
『オラが入れば23の瞳』
伊達家と上杉家はなぜ対立したか？

　オッス！　オラ、政宗。おっとうの「輝宗」が上杉家との対立決めたらすぃ〜。ウヂは神奈川の北条家と業務提携してるがら、北条家と対立する上杉家に嫌がらせしてアシストするってことだべ。ウヂと婚姻関係にある福島の蘆名家も同じ選択をしたってことだべな〜。

「伊達政宗」の武ログより一部抜粋

天正10年　4月15日

ピンチ！

読者の方々、ようこそ我が武ログへ！
あれから1ヶ月、織田家の総攻撃により上杉家はリアルに倒産の危機を向かえています。社員数も資金力もある大企業が本気になるとさすがに厳しい……。

信長はどこから入手したのか上杉家社員のPCメールアドレスに嫌がらせメールを連発！　これじゃ全く仕事になりません(´□`川) ﾂｶﾞｰﾝ

これは景勝様に報告せねば！
社長室「毘沙門堂」へ行くと忙しそうにパソコンと向き合っています。
会社の危機に、自ら何とかしようと頑張る社長の姿、美しいですね。
ぐ〜♪ d(＊￣o￣)

私は、熱いコーヒーを入れて景勝様の前に置こうとしました。
しかし、その時見てしまいました。

あっ……、Winnyで遊んでるだけだ……。
というか、メールアドレスの流出元は景勝様！！

ホント、こんな事してる場合じゃありません。
ケータイに軒猿からの報告メールが次々と届けられます。

今まで、富山方面の「柴田勝家・軍団」だけに注意していればよかったのですが、山梨の武田家が倒産した事で南からも侵入ルートも出来てしまいました。武田家の支店があった長野から「滝川一益」、「森可成」が突っ込んできたそうです！ヾ(´Д`q汗)＋･.

追伸
システム復旧に時間がかかりましたので、先週の出来事をUPしております。ご了承願います。

コメント欄（3）

投稿者：中条景泰　天正10年　4月15日　辰の刻
富山との県境「魚津城」支店長の中条です！
柴田勝家の攻撃にしばらく耐えましたが、もうギリギリガールズです。
援軍お願いします！

投稿者：上杉景勝　天正10年　4月15日　巳の刻
中条くん、ネタ仕込むとはずいぶん余裕あるじゃない？ｗ
もうちょいガンガレ！ｗｗ　ｳﾋｬﾋｬﾋｬ

投稿者：直江兼続　天正10年　4月15日　午二つ
中条さん、途中で思いついちゃって、ネタ捨てきれなかったんですね。
というか、そもそもケータイへメールしてくれれば早く気付けたのに……。

TOP

天正10年　5月27日

残念ながら……

読者の方々、ようこそ我が武ログへ！

いよいよ「魚津城」がやばそう、という事で景勝様自ら助けに行く事になりました！　当然、私も一緒に出陣。こういう時、重い荷物を持たない上杉家の合戦システムが効いてきますね！

超ダッシュ！ε＝ε＝ε＝┏(ﾟロ;)┛ﾀﾞﾀﾞﾀﾞｯ!!

ふぅ〜、「魚津城」の近くに到着！
どうやら第2別館は柴田勝家に奪われてしまったようですが、
本部はまだ頑張っているようです。

よし！　魚津城のみんな、今助け！！
〜と思っていたら、軒猿から報告メール。

軒猿メール 「長野から、滝川一益と森可成が超スピードで新潟に迫っています。狙いは春日山城のようです！！」

その瞬間、景勝様はUターンをかけていました。
魚津城の皆さんには申し訳ありませんが、そうするしかないようです……。
本社を取るか？　支店を取るか？　の選択。

本社には、上杉家の経営を支える莫大な資金が残されています。
それを奪われたらゲームオーバー(´A｀。)グスン

ここで迷って足踏みしていたら、どちらも失うという一番最悪のケースだってあり得るわけですから……。景勝様の判断は賢明です。
こうして、私達は春日山城を守るため、長野との県境へ向かったのです。

コメント欄 (4)

投稿者：中条景泰　天正10年　5月27日　寅の刻
了解であります！もはや食糧も尽きかけて、支店社員一同かなりシェイプアップガールズ状態ですが、腹は減っても上杉家の意地を柴田勝家どもに見せてやります！

投稿者：魔王　天正10年　5月27日　巳の刻
倒産♪　倒産♪　倒産♪
シャン♪"Φ(￣ ▽ ￣ Φ)シャン♪シャン(Φ ￣ ▽ ￣)Φ"シャン♪
炎上上等！　―天下布武―

投稿者：羽柴秀吉　天正10年　5月27日　申の刻
信長様！森蘭丸から聞きましたぞ。ネットカフェに寄って書き込みしてる暇あったら、はやく広島に来て欲しいでござル。

投稿者：直江兼続　天正10年　5月27日　酉の刻
アクセスブロックかけたのにしつこいな～。
あと、業務連絡は自分達の武ログでやってもらいたいのですが……。

天正10年　6月3日

意外な結末

読者の方々、ようこそ我が武ログへ！
大急ぎで戻り、新潟の南端へ。ここで長野方面から迫る「滝川一益」と「森可成」に備えようと思います。

しかし、敵の社員はかなりの人数。ここが私の人生最期の地になるかもしれませんね　ﾊｧｰ(-д-；)ｰｧ…

弟の与七と兄弟そろってお酒でも飲んでおこうかな。
与七のキャンプを尋ねたのですが見当たりません……。

辺りを見回すと、「今後ともよろしくお願いします！」と見慣れない人達に名刺を配っていました。

ん？　半分農民の様な格好だけど武器を持っている集団……。

「与七、それ落ち武者狩り！
**　"よろしく"なんてあいさつは縁起でもないから**
**　やめなさ〜い！！」**

合戦で死んだ者から武器や甲冑をはぎ取って売りさばく、
非合法の廃品回収業者です。

でも、この人達が上杉家のキャンプの周りをうろつくって事は……
私達がボロ負けすると予想し、その時を今か今かと待っているというわけですね。||||||||||||||(＿＿。)ﾌﾞﾙｰ||||||||||||||

そうこうしていると、軒猿から報告メールが入りました。

軒猿メール　「2日未明、京都の本能寺に
**　　　　　　　宿泊していた織田信長が部下である**
**　　　　　　　明智光秀の裏切りにあい死亡！**

郵便はがき

料金受取人払

本郷局承認

526

差出有効期間
平成22年3月
9日まで

113-8790

348

（受取人）

東京都文京区本駒込6-2-1

株式会社　二玄社

　　　営業部　行

お名前	フリガナ		男・女	年齢　歳

ご住所	〒□□□-□□□□　　　e-mail
	都道府県

電話	－ 　　　－ 　　FAX 　　－ 　　－

※お客様の個人情報は、小社での商品企画の参考、あるいはお客様への商品情報のご案内以外の目的には使用いたしません。
今後、上記のご案内が不要の場合は、□の中にVをご記入ください。　□

二玄社読者カード

ご購読ありがとうございました。今後の出版物のご案内、あるいは出版企画の参考にしたいと存じます。ご記入のうえご投函いただきますよう、お願い致します。

ご購入書籍名

●本書の刊行を何によってお知りになりましたか

1. 新聞広告(紙名　　　　　　　　)　2. 雑誌広告(誌名　　　　　　　　)
3. 書評、新刊紹介(掲載紙誌名　　　　　　　　　　　　　　　　　)
4. 書店　　5. 知人の推薦　　6. ニューズレター　　7. 図書目録
8. その他(　　　　　　　　　　　　　　　　　　　　　　　)

●本書の内容／デザインなどについてご感想をお聞かせください

●ご希望の著者／企画／テーマなどをお聞かせください

●本書をお求めになられた書店名

ご職業	購読新聞	購読雑誌

　　　　　　尚、各地の織田家社員は続々と撤収開始！」

な、なんと！　えーーーーーーーっ！？

つまり、上杉家最大のピンチは去った、ってこと？

コメント欄 (3)

投稿者：<u>上杉景勝</u>　天正10年　6月3日　卯の刻
今までやられたお返しに、織田信長の武ログ荒らそうと思ったら
もうなくなってたｗ　ｳﾋｬﾋｬﾋｬ

投稿者：<u>狩野秀治</u>　天正10年　6月3日　辰の刻
冷麺・ソーメン・ボク仮免！
信長を裏切った明智光秀から上杉家と業務提携したいってメール来たよ。
「私に協力すれば、新潟はくれてやる！」だって。
ボクはあんまりオススメ出来ないと思うんだけど、兼続くんはどう？
ゲホッゲホッ。

投稿者：<u>直江兼続</u>　天正10年　6月3日　辰三つ
くれてやるもなにも、元々上杉家のものですからねー。
なんか上から目線で物言う人よね。私も微妙だと思う。
やっぱり、病気じゃないですか？

天正10年　7月15日

追撃！

読者の方々、ようこそ我が武ログへ！
織田信長はこの世を去りましたが、
その部下達はまだまだ沢山残っています。叩ける時に叩いておこう！

～というわけで、長野から攻め込んできたものの撤収を始めた「森可成」を追撃です！　すたたたっ。。。。((((((o_ _)oざざぁ～☆

しかし、追いつけませんでした……。
足の速い上杉家を振り切るとは！

森可成のキャンプ地跡には、甲冑やら食糧やらいろんな物資が落ちています。
なるほど、全て捨てて逃げたのか。

それを見た与七。

「こんなにゴミを捨てて帰るなんて、
なんてマナーの悪いキャンパーだ！」

ガソリンをぶっかけて燃やそうとしました！ヾ(;´Д`●)ﾉぁゎゎ
確かにゴミに見えるけど、まだ使えるからもらっておこう！

敵が残した物資を手に入れるのも合戦の大きな成果です。
与七は「兄上がゴミを拾ってる、落ちぶれて可哀想……」
と泣いてましたが、そういうわけじゃないんだよ！！

コメント欄 (3)

投稿者：軒猿　天正10年　7月15日　申の刻
[壁]_・｡)チラッ
軒猿リーダーです。6月。広島にいたはずの羽柴秀吉がわずか10日ほどで大阪へ移動し、明智光秀を倒したそうです。明智は逃亡しましたが、その後落ち武者狩りにあい死亡。

投稿者：軒猿　天正10年　7月15日　申の刻
[壁]_・｡)チラッ
軒猿メンバーです。長野に逃げ込んだ「滝川一益」が神奈川の新社長「北条氏直」に敗れ、三重まで逃走しました。現在、長野は空白地帯です。

投稿者：軒猿　天正10年　7月15日　申の刻
[壁]_・｡)チラッ
軒猿の新メンバーです。山梨は東愛知の「徳川家康」が手に入れました。

天正10年　7月20日

命名?

読者の方々、ようこそ我が武ログへ！
先ほど、景勝様からメールがありました。

景勝メール　「軒猿ってメンバー多くてややこしくね？w」

まあ、確かに。景勝様は、本社「春日山」に軒猿を集めて重大な
発表をするそうです。さて、何でしょう！？

景勝様から一斉メール。

「軒猿はリーダーだのメンバーだの入り乱れてややこしい。
これからは軒XILE（ノキザイル）にする！」

どうやら軒猿の組織改革だったようです……。
リーダーさんは「HIRO」と名付けられ、他のメンバーにも「ATSUSHI」
「MAKIDAI」などと固有の名称がつきました。

コメント欄（2）

投稿者：<u>上杉景勝</u>　天正10年　7月20日　酉の刻
またメンバー増やしたら「GLAY軒XILE」にしてやるｗ　ｳﾋｬﾋｬﾋｬ

投稿者：<u>直江兼続</u>　天正10年　7月20日　酉の刻
な、なるほど。そんなユニットの時もありましたね……。

天正10年　7月23日

長野へ

読者の方々、ようこそ我が武ログへ！
上杉家は空白地帯となった長野を手に入れようと乗り込みました。

しかし、長野から「滝川一益」を追い払って空白地帯にした神奈川の「北条氏直」と鉢合わせ。お互い、にらみ合いが続きます。

北条家と言えば、御館の乱の時に景勝様をさんざん苦しめたという嫌な思い出のある企業。

景勝様は、私にヘルメットとサングラスを手渡し、顔にタオルを巻き始めました。そして、「これを大声で詠み上げろ」とメールを送ってきました。

ええ！？　これ私がやるんですか？(´-ω-`;)ゞボリボリ

「北条家の城建設、断固反対！！」

恥ずかしい……。
こんなことなら、この前の合戦で死んだ方がましだった……。
いやいや、そんな事思っちゃいけないか。

すると北条家の皆さんが何やらヒソヒソ話。|・ノロ・)ﾋｿﾋｿ

な、なんか随分長いこと話が続いてる。しばらく終わりそうもない様子……。

コメント欄 (2)

投稿者：泉沢久秀　天正10年　7月23日　辰の刻
ウースッ！ありゃ、近所のババアどもの井戸端会議よりひどいねw

投稿者：直江兼続　天正10年　7月23日　辰二つ
まず、議題を決める為の会議してるらしいよ……。

天正10年　7月26日

まだまだ会議中

読者の方々、ようこそ我が武ログへ！

北条家の人ってずいぶん話が長いですね……。
あれから3日もずぅ～っと話してる。

結局、「長野の北部は好きにしていいから！」という言葉を残して
慌てて去っていきました。
たったこれだけの事を決めるのに3日！？
その後、軒XILEから報告メール着信。
どうやら、
山梨方面から徳川家康が攻め込んで来て
挟み撃ちにする作戦ではないか？
と勘ぐったらしいです。

余計な心配でしたな（笑）

コメント欄（2）

投稿者：軒XILE・HIRO　天正10年　7月26日　申の刻
［壁］_・。）チラッ
6月末、織田家の後継者を決める「清洲会議」が開かれました。
結果、信長の長男「信忠」の息子「三法師」が社長就任。羽柴秀吉が副社長
となったようです。また、それに反対した柴田勝家とケンカ状態です！

投稿者：直江兼続　天正10年　7月26日　酉三つ．
「三法師」くん、まだ3歳らしいよね……。

天正10年　8月29日

「合戦レポート」

読者の方々、ようこそ我が武ログへ！
織田家との激しい戦い、失うものが多かった。
私が至らない部分も多く、本当に反省しております……。

在庫管理ノート

米	馬	弓	矢	火縄銃
4004俵 （-863俵）	592頭 （-121頭）	2768張 （-541張）	90717本 （-95241本）	189丁 （-51丁）

備考…森可成が残していった物資を回収しましたが、それでもマイナス。物資のストックに余裕があるので、まだ補充は必要なさそうです。

コメント欄 (4)

投稿者：小国実頼　天正10年　8月29日　未の刻
兄上！さて、私は誰でしょう？

投稿者：直江兼続　天正10年　8月29日　未三つ
与七だよね？「兄上！」って書いちゃったらクイズにならないよ。
ほんとおっちょこちょい（笑）

投稿者：小国実頼　天正10年　8月29日　酉の刻
そっかー(＿　＿|||)
小国家に婿入りしちゃったけど、これからもよろしく！

投稿者：上杉景勝　天正10年　8月29日　亥の刻
お前ら、もはや兄弟とは思えないほど名前変化したなｗ
「長門裕之」と「津川雅彦」状態ｗ　ｳﾋｬﾋｬﾋｬ

天正11年　1月10日

ゴージャス年賀状

読者の方々、ようこそ我が武ログへ！
あけましておめでとうございます。本年もよろしくお願い申し上げます。

そう言えば約3ヶ月ぶりの更新です！
織田家との合戦も一段落したところで戦後の処理に追われておりました。

新年最初の仕事は上杉家にいただいた年賀状に目を通す事。
年賀メール全盛ですが、手書きのハガキは味わいがあっていいものです。

その中に、やたら派手な1枚がありました。

これって…全面金箔コーティング！Σq|゜Д゜|pワオォ

差出人は、織田家の「羽柴秀吉」さん。
確か、織田信長を裏切った明智光秀を倒した功績で
織田家の副社長に出世した方ですね。

内容は、織田家に反抗している福井の「柴田勝家」を攻めるので上杉家に手伝って欲しいというものでした。早速、その打合せをインターネットテレビ電話でしたいとの事。

(ー`ー)うーん
一応、織田家とは和解してないので敵対関係のままなんだけど……。

外交担当の狩野さんいわく、

「こちらにYESともNOとも言わず、すっと打合せをセッティングしてくる辺り、かなり交渉に手慣れてるな～」

これは、みんなで話し合った方がよさそうです。
社長室「毘沙門堂」に集合です。

結果、今は織田家と争わない方が得策ではないか？
というのが景勝様と私と狩野さんの共通意見でした。

福島の「蘆名」、山形の「伊達」。そして独立した「新発田」。
まだまだ敵を抱え込んでる状態。この前の様に織田家全力で来られては再び倒産のピンチですから……。

コメント欄 (2)

投稿者：狩野秀治　天正11年　1月10日　酉の刻
冷麺・ソーメン・ボク仮免！
秀吉は合戦より外交で解決するのが好みらしいからねー

投稿者：直江兼続　天正11年　1月10日　酉二つ
そうですね、とりあえず話し合いで様子見ましょう！

天正11年　1月23日

羽柴秀吉

読者の方々、ようこそ我が武ログへ！
結局、羽柴秀吉と打ち合わせする事になりました。
外交担当の狩野さんが事前に秘書の方とメールでやり取りして
時刻のすり合わせ。

そろそろ約束の時刻が近づいてきたので、社長室「毘沙門堂」へ。
先方に失礼があってはいけないのでカメラ等起動し、いつでも通話出来る状態でスタンバイ。ふと、景勝様の方を見ると……

**あっ、股間をボリボリかいてちゃダメ！
もう回線開いてるんですから！！**

そして、約束の時刻キッチリに秀吉さんが現れました。
でも、猿に似てると噂に聞いてはいましたが、ずっと人間らしいというか、割

とシュッとしてます。とても46歳には見えませんね〜。

「秀吉様、失礼しました！(＞＜；　；ｺﾞﾒﾝﾈ)」と謝ると、

「コホンッ！　私は秘書の石田三成です。
　秀吉様は少々遅れますので今しばらくお待ち下さい」

なるほど、秘書の方でしたか。でも、どこかで聞いたことのある名前。
確か、織田信長の武ログを見た時だったかな？

狩野さんの話によると、かなりキッチリした方のようです。
時刻の正確さもありますが、事前にやりとりしたメールの文面にもそのような
性格がにじみ出ていたそうです。

それからほどなくして、秀吉様がカットイン。

あっ、景勝様、まだボリボリやってる……。
しかし、秀吉様も股間をボリボリかいてますねΣ(ﾟ∀ﾟ*)

初見でいきなり同じ事をしていた景勝様と秀吉様。
言葉をかわさずとも、それだけで意気投合したようです……。

なんでー！(o ﾟ－ﾟ o)？？

更にエスカレートした2人は、江頭2：50の持ちネタ「チンコギター」を見せ合
うほど仲良しになっていました……。

その時、石田さんから私と狩野さんにメール着信。

「お気持ちよくわかります……」

私達も仲良くなれそうな予感！？

コメント欄 (2)

投稿者：上杉景勝　天正11年　1月23日　亥の刻
速攻、メアドGet！w　でも、確かに猿だったなｗｗ　ｳﾋｬﾋｬﾋｬ

投稿者：直江兼続　天正11年　1月23日　亥の刻
景勝様がメール魔で助かりました！
つい「猿」って口に出しちゃう心配ないですから（笑）

TOP

天正11年　3月28日

猿のお手伝い？

読者の方々、ようこそ我が武ログへ！
秀吉さんから仕事を頼まれ、またまた忙しくなってきました。
2ヶ月も更新お休みしてしまって申し訳ありません。

打合せの後、景勝様は羽柴秀吉さんとビジネスパートナー関係に。
秀吉さんは織田家の副社長という立場。独立した企業ではありませんので、
個人的なお付き合いという感じで仲良くしたいそうです。
ヽ(´ぃω・｀*)oO(ﾖﾛｽｸｩ♪)

景勝様に秀吉様からメールが届いたようです。
早速、転送してくれました。

秀吉メール　「信長様の次男、信雄様をリーダーにして
　　　　　　　　福井の柴田勝家を攻める！景勝殿は
　　　　　　　　富山方面から攻め込んで欲しいでゴザルw」

一方、対する柴田は三男「信孝」をリーダーにしているようです。
これって、御館の乱の時と似ている……。強い指導力を持ったリーダーを
失った瞬間、子供同士が敵対関係……。(∥￣■￣∥)

景勝様は、「猿っちとの友好関係を更に深めるチャンスだ!」と、
手伝いに行く気満々でしたが、今の上杉家は自分達の事だけで手一杯。

福島の「蘆名家」、山形の「伊達家」、そして独立した「新発田家」との
争いはまだまだ予断を許しません。結局、不参加になりました。

コメント欄 (3)

投稿者:軒XILE・ATSUSHI　天正11年　3月28日　申の刻
[壁]_・。) チラッ
織田家の次男「信雄」と「信孝」はかなり意識しあってるようです。
兄弟というよりライバル関係に近いと思われます。

投稿者:小国実頼　天正11年　3月28日　酉の刻
兄上!信長の息子達にボクら兄弟の「タカのツメ」を飲ませてあげたいね!

投稿者:直江兼続　天正11年　3月28日　酉の刻
そんなの飲ませたら大問題!　それを言うなら、ツメのアカ(笑)

TOP

天正11年　4月25日

そう言えば

読者の方々、ようこそ我が武ログへ!
さて、すっかり忘れていた事があります。
私をモデルにしたMHKのドラマが放送されているようですね!

ゆっくりテレビ観賞出来るような状態ではなかったので、
録画したものをまとめて拝見させていただく事にしました。o(^▽^)o

イズミン、弟の実頼、取締役の狩野くん。そして私。
景勝様の待つ社長室「毘沙門堂」に集合です。

さあ、再生スタート！

あれ？　私ってこんなに泣き虫だったかな！？

「御館の乱」終了後まで観たのですが、みんなちょっと首を傾げながらの視聴でした。まあ、今後に期待しましょう！！

コメント欄（4）

投稿者：狩野秀治　天正11年　4月20日　酉二つ
冷麺・ソーメン・ボク仮免！
ボク、ホントに1ミリも扱ってくれないのね…。
全部兼続くんの手柄になってるような〜。
ゲホッゲホッ。今日は早退する…。

投稿者：直江兼続　天正11年　4月20日　酉三つ
MHKさんには狩野さんも登場させるようにお願いしてみます！

投稿者：軒XILE・TAKAHIRO　天正11年　4月26日　申の刻
[壁]_・。) チラッ
♪「賤ヶ岳の戦い」で秀吉様勝利。福井の柴田家が倒産しました！　尚、柴田の社員だった「前田利家」が裏切り、秀吉のビジネスパートナーになったようです。

投稿者：軒XILE・ATSUSHI　天正11年　4月26日　申の刻
[壁]_・。) チラッ
♪岐阜で抵抗していた信長の三男「信孝」が、次男「信雄」に攻撃されて敗北。逮捕されました。

投稿者：直江兼続　天正11年　4月26日　申の刻
なるほど、複数報告がある時はハモり風なんですね……。

天正11年　8月17日

あれ、押されてる?

読者の方々、ようこそ我が武ログへ！
秀吉様との関係を結んだ為、織田家と争う心配がなくなり、
上杉家にも少し余裕が出来ました。v(｡･ω･｡)ｲｴｲ♪

そこで！
ついに新潟の北端で勝手に独立した「新発田重家」をお仕置きです！
2年前から社員を派遣して押さえ込もうとしてはいるのですが、
なかなか手強く一進一退の状況。

いよいよ景勝様自ら出張し、戦いが始まりました。
織田家との合戦で戦うあまり機会のなかった社員達は、ここぞとばかりに張り切り敵をドンドン押していきます！

よし、このまま勝てる！
……と思ったのですが、気がつくと逆にドンドン押されてる……。

ん！？　一体、何で！？

コメント欄 (2)

投稿者：泉沢久秀　天正11年　8月17日　未二つ
ウースッ！どうやら罠にハマったっぽい。

投稿者：直江兼続　天正11年　8月17日　未三つ
え！？　罠ってどういう事？

天正11年　8月18日

未熟な私

読者の方々、ようこそ我が武ログへ！
私は迂闊でした！！ヾ(。￣□￣)ツ ｷﾞｬｧ!!

ここら辺りは湿地帯。一見、普通の草原に見えて、実はぬかるみになっている場所がいっぱいあるんです。新発田重家は負けているふりをして私達をそこに誘い込んだようです。

かなりピンチ！　ついに新発田家の社員に囲まれてしまいました……。
景勝様も槍を構えて戦う状況。
社長が敵と刃を交えるなど、部下にとって最大の恥。

幸い、イズミンが怒鳴り込んで来てケンカ殺法で敵をバシバシ倒してくれた隙に逃げ出すことが出来ました。((((((;ﾟДﾟ)))))ｶﾞｸｶﾞｸﾌﾞﾙﾌﾞﾙ

今日は大反省です……。

コメント欄 (4)

投稿者：上杉景勝　天正11年　8月18日　未三つ
たまにはスリルがあっていいねーｗ　ｳﾋｬﾋｬﾋｬ

投稿者：泉沢久秀　天正11年　8月18日　未三つ
ウースッ！ドロンコの中にケータイ落としちゃったぜ。
これは経費でいけるっしょ？ｗ

投稿者：直江兼続　天正11年　8月18日　未三つ
ホント、ごめんなさい……。イズミン、今回は認めるよ。
謙信様から、敵が一番嫌がるタイミングで仕掛ける合戦コツを教わったのに……。その逆に、仕掛けられる可能性を意識できなかった私は未熟だ。

投稿者：軒XILE・HIRO　天正11年　8月18日　申の刻
[壁]_・。)チラッ
6月、信長の三男「信孝」が切腹しました。
どうやら秀吉様に精神的プレッシャーをかけられたようです。

天正12年　4月14日

下請けですかね？

読者の方々、ようこそ我が武ログへ！
約半年もほったらかし状態になるとは思いませんでした。

「賤ヶ岳の戦い」で秀吉様と信長の次男「信雄」は仲良く仕事をしていたようですが、その後ケンカしてしまったようです。どうやら秀吉様に織田家をのっとられる事を警戒した信雄が抵抗したようです。

そんなわけで、今度は秀吉様と信雄の合戦。
秀吉様から景勝様へメールが届き、転送していただきました。

秀吉メール　「東愛知の徳川家康が信雄の非常勤顧問になった。
　　　　　　徳川と業務提携している石川の佐々成政が
　　　　　　手伝いに来られないよう、富山方面から見張ってて
　　　　　　欲しいでござルw」

秀吉様とビジネスパートナーになってから、経営危機は意識しなくてもよくなったものの、頼まれ仕事が多くなってきたような？(・・?)　この前の合戦で思いっきり負けてしまったので、在庫が気になりチェックしてみました。

在庫管理ノート

米	馬	弓	矢	火縄銃
3279俵 (−725俵)	524頭 (−68頭)	2175張 (−593張)	55825本 (−34892本)	160丁 (−29丁)

備考…イズミンのケータイは経費で弁償しました。

コメント欄 (4)

投稿者：<u>狩野秀治</u>　天正12年　4月14日　寅の刻
冷麺・ソーメン・ボク仮免！　ゲホッゲホッ。
兼続くんは節約で細かく稼いで合戦でガッツリ減らすよねw　ゲホッゲホッ。
ゲホッゲホッ。ゲホッゲホッ。ゲホッゲホッ。

投稿者：<u>直江兼続</u>　天正12年　4月14日　寅三つ
自分、実は合戦下手なのかな～って気になってました……。
やっぱりそうですよね。(＿＿lll) ァハハ・・・
なんか、かなり辛そうですけど大丈夫？

投稿者：<u>軒XILE・ATSUSHI</u>　天正12年　4月14日　巳の刻
[壁]＿・。) チラッ
♪「小牧長久手の戦い」で秀吉様が徳川家康に負けました！　部下の池田恒興、森可成が討ち死にしたらしいです。

投稿者：<u>軒XILE・TAKHIRO</u>　天正12年　4月14日　巳の刻
[壁]＿・。) チラッ
♪秀吉様が大阪に城を建設し始めたようです。場所は、かつて織田信長に抵抗した石山本願寺の跡地だそうです。

TOP

天正12年　11月20日

またまた嬉しい贈り物

読者の方々、ようこそ我が武ログへ！
やはり取締役というのは忙しいものですね、
なかなか武ログの更新が出来ません……。

しかし、あの秀吉様が戦で負けるとは思いませんでした。
一番手柄は、織田信雄の非常勤顧問となった「徳川家康」。

秀吉様に勝つなんて、かなり合戦上手のようですね！
今度、家康さんの武ログを読んで合戦の勉強しておこう。

さて、今日、南魚沼の実家にいる父「兼豊」から届け物がありました。

「ことばのゲリラ反撃術」（著・ゆうきゆう　すばる舎）

秀吉様のような交渉術に長けた人物と話す時、すごい役立ちそうですね！
父上、いつも私を気遣ってくれてありがとうございます。(*^ワ^*)

追伸

取締役の「狩野秀治」さんが亡くなりました。
これから上杉家にどんな困難が訪れるかわからない時に、大事な人が逝ってしまい、非常に残念です。

コメント欄 (4)

投稿者：軒XILE・HIRO　天正12年　11月20日　申の刻
[壁]_・。) チラッ
♪秀吉様が三重県にある織田信雄の本社を包囲。
プレッシャーをかけてギブアップさせ、和解に持ち込んだようです。
リーダーの信雄が和解したことで、徳川家康も撤収するしかないようです。

投稿者：軒XILE・MAKIDAI　天正12年　11月20日　申の刻
[壁]_・。) チラッ
♪山形の「伊達輝宗」が引退。息子の「政宗」が新社長就任です。

投稿者：軒XILE・MATSU　天正12年　11月20日　申の刻
[壁]_・。) チラッ
♪福島の「蘆名盛隆」が部下に裏切られ死亡！生後1ヶ月の息子亀王丸が新社長就任です。

投稿者：直江兼続　天正12年　11月20日　酉の刻
どっちも世代交代ですね！　新社長に代わった瞬間って経営が不安定だから、当分あの2社からは攻められなくて済むなぁ〜。

狩野秀治の
『不可能を狩野にする仮免』
小牧長久手の戦いレポート

冷麺・ソーメン・ボク仮免！ この前、秀吉様と家康の戦いがあったけど、こいつは名勝負だったね！ 織田信長の「桶狭間の戦い」や武田信玄と上杉謙信様の「川中島の戦い」に勝るとも劣らない価値のある戦いだったと思うな〜。"猿と狸の知恵比べ"、記録しておこうかな。

ROUND1
先制パンチは秀吉様。織田信雄の重役3人を引き抜きに。しかし、彼らが欲しかったというより、合戦を仕掛ける口実が欲しかったようだ。3人が裏切るという情報をわざと流し、それを耳にした信雄は3人を処刑。自分の部下になる予定だった者を殺されたので報復って事で合戦を始めた。

ROUND2
織田信雄は、戦上手な徳川家康に利用される形で秀吉様との対決を決意！ ちなみに、この戦いに自分達の利益を守る為、便乗する者達が現れた。「雑賀衆」と「根来衆」。秀吉様は、彼らみたいな独立地方行政を廃止しようとしていた。「管理されてたまるか！」ってことで2つの衆は信雄と家康に味方したようだ。

ROUND3
織田信長の幼なじみ「池田恒興」は、秀吉様側に。ここでも、得意のたらし込み勧誘をやってたのかな？しかし、家康は冷静に状況を分析し、戦闘で池田軍を撃退。

ROUND4
その後膠着状態に。そこで、秀吉様は池田恒興、森可成を中心に一部の社員を派遣し、家康の本社・静岡を狙う。リーダーは豊臣家一族の「秀次」。しかし、これも家康が見事反撃。池田、森を討ち取った！

ROUND5
信雄と家康の勝ち！ が優勢になったとみるや、秀吉様は次の作戦に出る。信雄の本社がある三重を攻撃。これに参った信雄が降参。リーダーが白旗を揚げたので家康も戦いを続ける大義名分がなくなってしまった。

合戦だけなら家康の勝ちだと思うけど、総合成績は秀吉様の勝ちだね！

「狩野秀治」の武ログより一部抜粋

天正13年　2月4日

猿知恵

読者の方々、ようこそ我が武ログへ！
秀吉様の知恵は恐ろしい。負け戦を勝ち戦にしてしまうとは！

あの秀吉様vs家康さんの戦い、勝った家康さんにとっては秀吉様に代わって天下を取るチャンスだったはず。
その為に織田信雄を助けるという名目で味方したのだと思います。
戦いに勝ったまでは家康さんの思惑通りだったわけですが……。

家康さんが織田信雄を利用している事は秀吉様もわかっていた。
だから、信雄さえ味方にしてしまえば、家康さんは戦う理由を失います。つまり「さっきの戦い（小牧長久手の戦い）は無かったこと〜！」と小学生男子のようにリセットボタンを押すことが出来るってわけですねー。

なるほど、そういうやり方もあるのか！
しかし、織田家は完全に秀吉様に乗っ取られてしまった感じですね。

コメント欄 (2)

投稿者：<u>上杉景勝</u>　天正13年　2月4日　辰の刻
猿山の完成だなｗ　ｳﾋｬﾋｬﾋ

投稿者：<u>直江兼続</u>　天正13年　2月4日　辰の刻
しかし、これでしばらく平和になるかもしれませんね。

天正13年　6月3日

長野から来た若者

読者の方々、ようこそ我が武ログへ！
今日は訪問者がありました。

「トォー！オレはサナダレンジャーレッド　真田信繁！！」
|=ﾟω゚)ﾉｵﾊﾂ!!

なかなか元気な子ですね、景勝様もちょっとウケたようです。

景勝メール　「こいつ、ヒーロー戦隊モノ見過ぎだなｗ
　　　　　　　レンジャーとか言ってるが、赤しかいなくねぇ？ｗｗ」

長野に「真田家」という小さな企業があります。町工場の方が正しいかな？
そこが上杉家の子会社になりたいとの事で、社長「真田昌幸」の次男が人質として送られてきたのです。彼は18歳くらい。

真田家は、山梨の武田家の子会社でした。
しかし、武田家倒産。それ以来、東愛知の徳川家や神奈川の北条家に狙われていたようです。徳川家の子会社になっていたようですが、ケンカ別れして上杉家を頼ってきたと思われます。

なんか新しい弟が出来たみたいで楽しみ(笑)

コメント欄 (3)

投稿者：泉沢久秀　天正13年　6月3日　辰二つ
ウースッ！　そのガキ、「お前、力だけのバカそうだからイエローやらない？」ってスカウトしてきたｗ

投稿者：小国実頼　天正13年　6月3日　巳の刻
兄上！ボクなんか街で襲われるエキストラって言われたよ･ﾟﾟ･(/□*)･ﾟﾟ･わ～ん

投稿者：軒XILE・ATSUSHI　天正13年　6月3日　申の刻
[壁]_・。)チラッ
山形の「伊達政宗」が、福島の「蘆名盛隆」に攻撃開始！
また、伊達家の先代社長「輝宗」が死去しました。

天正13年 7月29日

上田合戦

読者の方々、ようこそ我が武ログへ！
この前、子会社になった長野の町工場社長「真田昌幸」さんからメールが入りました。徳川家の攻撃を受けそうなので援軍が欲しいそうです。

徳川家から上杉家に鞍替えしたのですから、その展開はあり得ますね〜。
急な話でちょっと準備に時間かかりそうです……。間に合うかな？

援軍の準備に取りかかっていると、
信繁くんがやってきました。

「長野の平和はオレが守る！　いくぜ！
　サナダレンジャー変身！！」

ずいぶん大袈裟なポーズを決めました。ま、まさか本当に変身！？

それから半時ほどでしょうか……。
なるほど、甲冑を身につけるのが変身ね（笑）

そして、そのまま「トォー！」と飛び出していきました。
一応、人質なので勝手に出て行ってもらってはこまるのですが……。
まあ、実家が倒産の危機という事ですから大目にみます。

でも、相手は大企業「徳川家」。勝てそうもない戦いです。(＿　＿|||)

コメント欄 (3)

投稿者：<u>軒XILE・HIRO</u>　天正13年　8月27日　申の刻
[壁]_・。)チラッ
♪「上田合戦」で、なんと真田軍が徳川軍を追い返しました！　社長「真田昌幸」のゲリラ戦法が炸裂です。1200人で7000人を撃破！！！真田、かなりやりま

すな!

投稿者：軒XILE・AKIRA　天正13年　8月27日　申の刻
[壁]_・。)チラッ
♪秀吉様が「長宗我部元親」を倒し、四国を乗っ取りました！

投稿者：直江兼続　天正13年　8月27日　酉の刻
え！？　真田が勝ったの？　ォォ---!! w(ﾟﾛﾟ;w(ﾟﾛﾟ)w(;ﾟﾛﾟ)w ｵｫｫ---!!

真田昌幸の
『波紋、破門、そしてハモン』
上田合戦レポート

「ザコとは違うのだよ！　ザコとは！」
徳川のヤツらが、ワシの上田城に攻めて来た。ずいぶん、大勢引き連れてきたみたいだが、戦いは数じゃないって見せてやったわい。

まず、城は守るものという固定観念があるが、それを逆手にとって、城を攻撃の道具にしてみた。わざと負けたふりをして、徳川のヤツらを城の中へと誘い入れたのじゃ。勝ったと思ってドンドン入ってくる徳川軍。そこで、トラップ発動！　城の要所に潜ませていた火縄銃チームと弓矢チームで一斉射撃！　面白いように当たるわ当たるわw

しかも、事前に城内を迷路の様に改造しておいたから逃げ場がなくて思いっきり混乱しておった～。簡単に罠にハマってくれてありがたいw　罠はそれだけではないぞ！　徳川は予想通りの逃走ルートに沿って逃げ始めた。その先にあるのは川。ここも、事前に上流をダムの様に改造し水をせき止めておいた。後は、徳川が川に差し掛かったところで……放流！！　バカめ、これがホントの三途の川じゃ、どうじゃ思い知ったかw

いや～楽勝じゃったの。こっちの思い通りに動いてくれるから、逆に戦い甲斐も歯ごたえもなかったわい。徳川の皆さん、こんな歓迎でよければ、またのお越しをお待ちしておりますぞ！w　今度は死に装束もご持参願おうかのぉ～。ワーッハッハッハッw

「真田昌幸」の武ログより一部抜粋

天正13年　9月1日

ゲリラ屋「真田」

読者の方々、ようこそ我が武ログへ！
合戦下手の私としては、真田家のゲリラ戦法とやら気になります。

信繁くんも武ログ書いてるようなのでチェックしてみました。
なるほど、罠を仕掛けまくったのか〜。昔、プレステであった「影牢」というゲームみたいですね。(^m^)クスッ

コメント欄 (2)

投稿者：上杉景勝　天正13年　9月1日　酉の刻
罠にかかって簡単に死んだ徳川の連中はモロいな〜。
スペランカー状態w　ｳﾋｬﾋｬﾋｬ

投稿者：直江兼続　天正13年　9月1日　酉の刻
あのゲーム、死んでも死んでもなぜかヤミツキになりますね (笑)

天正13年　9月10日

京都へ行く、ということ

読者の方々、ようこそ我が武ログへ！
今日、景勝様に秀吉様からメールがあったそうです。

秀吉メール　「京都へ遊びに来ないでごザルか！？」

京都を押さえた企業の代表が誘ってくる時って、
だいたい子会社化の話を持ちかけてくるものと相場が決まってます……。
この件について景勝様とメール会議。

景勝メール　「4年前、織田信長に追い込まれたよな？

　　　　今、子会社化断ったら、信長が猿っちに変わっただけで
　　　　あの頃に逆戻りじゃね?
　　　　信長死んでなかったら100%倒産した自信あるw」

確かに、昔、福井の朝倉家が信長から「京都に挨拶にこい」というお誘いを断った結果、倒産させられる羽目になりましたね。秀吉様のお誘いもそんな意味が込められているのか!

なるほど……、さすが社長。
普段、適当な事ばかり言ってるようで、ちゃんと考えていたんですね。

コメント欄 (5)

投稿者：上杉景勝　天正13年　9月10日　丑の刻
京都行くなら、山本モナに声かけなきゃなw　ｳﾋｬﾋｬﾋｬ

投稿者：直江兼続　天正13年　9月10日　丑二つ
京都好きらしいですね(笑)

投稿者：真田昌幸　天正13年　9月10日　寅の刻
「ザコとは違うのだよ!ザコとは!!」
意外と弱くなってしまった上杉家だと不安。
安心出来る秀吉さんの子会社になります。
ヾ［・c_,-●］ﾊﾞﾊﾞｨ

投稿者：泉沢久秀　天正13年　9月10日　寅三つ
ウースッ!なんか、「ランバ・ラル」っぽい?w
辞め方までゲリラ屋だｗｗ

投稿者：軒XILE・HIRO　天正13年　9月10日　申の刻
[壁]_・。)チラッ
石川の佐々成政、秀吉様の攻撃を受けて降参。
会社は解体、秀吉様の部下として再就職したようです。
社長から一社員とは悔しいでしょうな……。

天正14年　5月3日

反省

読者の方々、ようこそ我が武ログへ！
子会社だった真田家との連結が解かれて半年ほど経ちました。
信繁くんは、そのまま秀吉さんのところへ人質に行ったようです。

この件について、景勝様からメール着信。

景勝メール　「ガッチリ捕まえておいたつもりが、簡単に逃げられ
　　　　　　　ちゃったみたいだな？お前は銭形警部か！」

も、申し訳ありません！！！

コメント欄（2）

投稿者：真田信繁　天正14年　5月3日　午の刻
トォー！ダマって移籍しちゃってごめんなさい。
でも、いつかまた会おう！トォリャー。

投稿者：直江兼続　天正14年　5月3日　午二つ
真田家の社長が決めた事だから仕方ないね。真田家の事情について書かれた
メール読んだよ。景勝様には説明しておくので安心して。

天正14年　5月9日

オシャレ兜

読者の方々、ようこそ我が武ログへ！
京都へ出かけるという事で、甲冑などを新調する事に。

景勝様の「どうせなら上杉家のすごさをパーッ！とパーッと見せつけて
　　　　　　やろうぜ！ｗｗｗ」という一斉メールが事の発端。

更に、私にはこんなメールも。

景勝メール　「取締役なんだからオーダーメイドしろよ！オレが画期的なの
　　　　　　考えてやる。そうだな～、文字って斬新じゃねぇ？ｗ」

いつ死んでもおかしくない合戦場。
甲冑は死に装束でもあります。敵に死体を見られても恥ずかしくないよう、我々
戦国の社員は最高のオシャレをして戦いに臨むのです。

特に、兜は個性の見せ所。
飾り物1つで印象ががらりと変わります。オーソドックスなのは三日月。
珍しいモノだと、瓦を付けたのもあるんです。
しかし、文字付きの兜って一体どんなモノやら？

コメント欄 (2)

投稿者：豊臣秀吉　天正14年　5月9日　申の刻
ほぉ～！なかなか楽しみじゃの～。早く見たいでござる。

投稿者：上杉景勝　天正14年　5月9日　酉の刻
「猿」って一文字もアリだなｗ　ｳﾋｬﾋｬﾋｬ

TOP

天正14年　5月10日

兜ショー

読者の方々、ようこそ我が武ログへ！
景勝様から「試作品作ってやった！ｗ」とメールが届きました。
早速、試着する事になったわけですが春日山城の大広間でやるのですか！？
ファッションショー状態なんですけど……。

装着している間、目隠しをされました。どんな文字が書いてあるか確認
出来ないままステージへ放り出されるみたいです。不安……。

1つ目を装着し、ウォーキングでステージへ。
なんか、クスクス笑い声が。
どうしてでしょう？　ステージ裏に戻って確認してみると……

「肉」
キン肉マンって事か……。
よく、居眠りしてる人のおでこに書くイタズラパターンですね。
o(TヘTo) くぅ

2つ目。
ギャラリーの鼻息が荒くなり激しく動き出しました。気温上昇したような？
ステージ裏に戻って確認すると……

「萌」
ギャラリーがヲタ芸してたの、そういうわけでしたか……(＿　＿|||)

3つ目。
ギャラリーが「兼続さん、そのアピールじゃ真っ先に狙われて死ぬ！w」と騒ぎ出しました。ステージ裏で確認。

「ドM」
合戦でそんなカミングアウトしてどうするんです！
一応、誤解されると困りますのではっきり言いますが、私は違いますよ！！

結局、兜はオーソドックスな三日月の飾りにしました。

コメント欄（2）

投稿者：<u>上杉景勝</u>　天正14年　5月10日　酉の刻
兼続ちゃん、つまんなーいw　ｳﾋｬﾋｬﾋｬ

投稿者：<u>直江兼続</u>　天正14年　5月10日　酉三つ
おかしな兜作るのに経費使うの辞めて下さいよー！(ノД`)・゜・。

TOP

天正14年　9月8日

京都へ

読者の方々、ようこそ我が武ログへ！
前回の更新の翌日に新潟を出発、無事に京都へ辿り着きました。

しかし……出発の日の朝はビックリです。
私の専用室で甲冑に着替えようと思ったら、三日月の飾りをつけていたはずの兜に「愛」という文字が付いてるんです！(ë) エ？

すると、景勝様からのメール着信。

景勝メール　「サントリー・ザ・カクテルバーのCM覚えてる?
　　　　　　　永瀬正敏が、"愛だろ、愛っ。"って言うヤツ。
　　　　　　　なんかカッコいいよなー。
　　　　　　　実はそれが本命だけど、どう？w」

ちょっと古い気もしますが……。
確かに、あのCM良かった！　ちゃんと考えてくれてたんですね！！

景勝様のお心遣いがこもった愛の兜を被って旅路へ。
そして、堂々と京都の町を行進！　すると、町の人々のささやき声……。
どうしたんでしょう？

おかしいなーと思って周囲を見回すと……
行列の後ろから私に追いついてきた弟の小国実頼も文字の付いた兜を被っていました。

なんて2ショットだ！！(̄▼ ̄|||)

実頼に尋ねると、景勝様についさっきもらったとの事。
な、なんかスゴい計算を巡らせたイタズラですね……。
ずいぶん手が込んでます。

実頼の兜には「同性」という文字。
そして、私の「愛」が横に並ぶと……

「同性愛」

景勝様、普段は感情を表に出さないのですが、
この時はかなり笑いを堪えている様子…
v(̄∇ ̄)ﾆﾔｯ

なんてコトしてくれるんです！！｡･"(>0<)"･｡ﾝﾓｫ～

コメント欄 (3)

投稿者：泉沢久秀　天正14年　9月8日　未の刻
ウースッ！アブネーw
実はオレも兜もらったんだけど「求む！」って書いてた。
オレ→実頼→兼続の横並び完成してたらと思うとゾッとするｗｗ

投稿者：上杉景勝　天正14年　9月8日　未三つ
チッ！w　でもな、これで戦場行ったら絶対に敵が近寄ってこないと思うわけよｗｗ　ｳﾋｬﾋｬﾋｬ

投稿者：直江兼続　天正14年　9月8日　酉三つ
敵は寄ってこないかもしれませんが、早速「衆道Bar」のお兄さんに声をかけ

られてしまいましたよ……。

天正14年　9月9日

ご対面

読者の方々、ようこそ我が武ログへ！
今日は、秀吉様と対面の日です。お屋敷を訪ねると、秘書の石田三成さんがいました！　まずは名刺交換、ビジネスマンの基本です。

更に、石田さんの部下で課長をしている方も紹介されました。

「はじめまして！　課長・島左近です」

元々、秀吉様の部下「筒井順慶」さんの元で仕事をしていたそうです。
合戦のプロらしいのですが、筒井さんと折り合いが悪く退職。
フリーターにしておくのはもったいない！　と石田さんが破格の給料でスカウトしたそうです。

秀吉様は、庭にいるとの事でそちらへ通されました。
ちょうどゴルフスイング練習中のようですねー。

すると、景勝様からメール着信。

景勝メール　「あれ、プロゴルファー猿じゃねぇ？w」

や、やめて下さい……。
吹き出してしまいそうププッ(￣ m ￣ *)

座敷に上げていただき、きちんとご挨拶。
秀吉様は新潟から遙々やってきた私達に上機嫌の様子です！

秀吉様は、去年「関白」に就任したそうです。

これは朝廷のトップである天皇の代理として日本の運営を任せられる役職。
そして、羽柴秀吉から「豊臣秀吉」に改名したそうです。
なんでも朝廷から認められた権威ある苗字とか。

もはや、織田家をのっとったビジネスマンどころではなく、
日本のトップに立ったのですねー。ﾅﾍ(ﾟﾛﾟ;)ｷｭｰｯ!

コメント欄 (3)

投稿者：<u>豊臣秀吉</u>　天正14年　9月9日　申の刻
石田はキッチリしすぎていて友達が少ない。
仲良くしてやって欲しいでござル。

投稿者：<u>直江兼続</u>　天正14年　9月9日　申三つ
こちらこそ！　と思っております。
なんか、「猿」なんて失礼な日記ですみません。＼(＿＿*)m(＿＿)m(*＿＿)／

投稿者：<u>豊臣秀吉</u>　天正14年　9月9日　申三つ
いやいや、猿という呼ばれ方は、ワイにとって亡き信長様の形見じゃ！
(ﾟ-Å) ホロリ

TOP

天正14年　9月13日

変わった人

読者の方々、ようこそ我が武ログへ！
今日は京都の町をぶらぶら散歩してみました。
その途中、地井武男さんだ！　どうやら「ちい散歩」のロケ中みたいです。

ちょうどその時、食欲をそそるスパイシーな香りが漂ってきました。
これはカレーですね！　香りの先には「カレー専門店　松風」。

地井さんは「こりゃウマそうだね～！」と早速お店へIN。
昼時なので私もお腹が空いてきました。つられてINです。

「チョリ〜っす！　いらっしゃいませ!!」

店内では、既に地井さんが店主と談笑しながら特製カレーを食べていました。
アレ美味しそう！　同じモノをオーダーです。

店主のお名前は「穀蔵院瓢戸斎」さん。ずいぶん変わった名前ですね (笑)
数年前、脱サラしてこのお店を始めたそうです。話を聞くと、昔は石川の「前田家」に勤めていたとか。秀吉様の大親友「前田利家」様の会社じゃないですか！　優良企業辞めちゃうなんて傾奇者だ！

「傾奇者」というのは"常識はずれの人"という意味なので覚えておいて下さい。

その後、フリーター生活を経てこのお店をオープン！
なかなかいいお味です！　地井さんもベタホメ。

「このコクがたまらない！　熟成された味わいだ!!」

どうしても味の秘密が知りたい！　という地井さん。ちょっと強引にキッチンを覗かせてもらえるよう穀蔵院さんを口説いています。

結局、折れた穀蔵院さんの案内でキッチンへ！　しかし、そこは素通りして勝手口から外に出ました。すると……、そこにあったのは1台のバキュームカー。

穀蔵院　「こいつのタンクの中で回転させながら熟成！
　　　　　やっぱ中古のバキュームカーを使うとコクが増すねw」

(〃￣■￣〃)
それを聞いた地井さんは、その場で気絶してしまいました……。

コメント欄 (3)

投稿者：穀蔵院瓢戸斎　天正14年　9月3日　酉の刻
チョリ～っす！今日は来店サンクス。
中古ってのはウソ～んｗ　ホントの作り方は教えられねー！ｗｗ

投稿者：直江兼続　天正14年　9月3日　酉三つ
つくづく傾奇者ですね……。

投稿者：軒XILE・MAKIDAI　天正14年　11月21日　申の刻
[壁]_・。) チラッ
福島の「蘆名亀王丸」、病気のため死去！まだ2歳でした。後継者争いに山形の「伊達政宗」がちょっかいを出し蘆名家は混乱しているようです。

TOP

天正15年　10月29日

チャンス到来！

読者の方々、ようこそ我が武ログへ！
約1年も更新が滞ってしまいすみません。
京都へ行っている間、仕事が放置状態。新潟へ帰るなり取りかかったのですがなかなか片付かず……。

でも、嬉しいお知らせもあります！
約6年前、新潟の北端で勝手に独立を宣言した「新発田重家」をついに倒産させる事が出来ました！(*^-˘)ｖｲｴｲ♪

豊臣家の子会社になったメリットですね！
福島の「蘆名家」、山形の「伊達家」など、上杉家と敵対している会社が秀吉様の存在を恐れて大っぴらに攻撃してこなくなりました。

もし、上杉家に手を出すと秀吉様に反抗する事になります。
そうなると、秀吉様の社員が押し寄せて来て倒産に追い込まれてしまいますから。

そんなわけで、蘆名家や伊達家を気にすることなく新発田重家の攻略に専念出来たわけです！

いや〜、手間取りましたが、これで新潟も落ち着きそうです！

コメント欄 (6)

投稿者：<u>軒XILE・TAKAHIRO</u>　天正15年　10月29日　申の刻
[壁]_・。)チラッ
♪4月頃、九州の「島津家」が豊臣家の派遣社員に敗北。子会社化されるようです。

投稿者：<u>軒XILE・MAKIDAI</u>　天正15年　10月29日　申の刻
[壁]_・。)チラッ
♪静岡の「徳川家康」が豊臣家の子会社になるようです。

投稿者：<u>軒XILE・HIRO</u>　天正15年　10月29日　申の刻
[壁]_・。)チラッ
♪秀吉様が京都に建設していた新邸宅「聚楽第」が完成しました。天下人というイメージが更にアピール出来ますな。ちなみに「じゅらくてい」と読みます。

投稿者：<u>大国実頼</u>　天正15年　11月17日　卯の刻
兄上！京都の秀吉様のところへ聚楽第の新築祝いに行ってきたよ。
そのご褒美に景勝様から新しい苗字をもらっちゃった！

投稿者：<u>直江兼続</u>　天正15年　11月17日　卯の刻
小国から大国だね。名前に恥じぬよう大きな手柄を立てるんだぞ！

投稿者：<u>上杉景勝</u>　天正15年　11月17日　卯三つ
オレとしたことがシマッタ！大乃国にしとけばよかったｗ　ウヒャヒャヒャ

天正16年　7月12日

鑑賞会

読者の方々、ようこそ我が武ログへ！
またまた更新が遅れてしまいました(ノд`@)ｱｲﾀｰ
今日は、私をモデルにしたMHKのドラマ鑑賞会があります。
景勝様の社長室「毘沙門堂」に集合！

「御館の乱」終了後から「本能寺の変」まで観る事が出来ました。
n(ー_ー?)ｿ?

本能寺が大爆発してますけど……。
あれだけ派手に吹っ飛んだら明智光秀の社員がもっと大勢巻き込まれちゃう様な気がします……。ちょっとやりすぎ？(笑)

明智光秀が「くのいち」に襲われて、帯ヒモみたいなので首しめられてます。
このシーンの時、景勝様がメールしてきました。

「ナニコレ？必殺！仕事人？w」

ま、まあ、今後に期待してみましょう！

コメント欄 (3)

投稿者：<u>軒XILE・ATSUSHI</u>　天正16年　7月12日　申の刻
［壁］_・。)チラッ
秀吉様が、政策として「刀狩り」を実行したようです。
農民から武器を奪い、一揆を封じ込める狙いがあるようです。

投稿者：<u>直江兼続</u>　天正16年　7月12日　辰の刻
なるほど！　さすが秀吉様はよく考えてるな〜。
　１５　　８８
「一揆怖いよ　ぱっぱと刀狩り」って覚えておこう。

投稿者：穀蔵院瓢戸斎　天正16年　7月12日　辰の刻
チョリ〜っす！猿が刀狩りを誰よりもはやく実行した事になってるけど、実は「織田信長」とか「柴田勝家」って話もあるっス。
まあ、一番派手にやったのは猿だけどｗ

TOP

天正17年　3月16日

私事ですがNEWS

読者の方々、ようこそ我が武ログへ！

実はパパになりました！
マヂウレーー（*´∀`*b）ーーシィ！！！！

お船、元気な子を産んでくれてありがとう！
景勝様も病院に駆けつけてくれました。

「2929グラムの元気な女の子です！」と報告すると……
景勝様は懐からマジックペンを取り出し何か考えています。
もしかして……娘の名前を考えてくれる！？(*´▽`*)ワクワク

景勝様はペンのキャップを外し、スラスラと書き始めました。
娘の体に……。「肩ロース」、「バラ肉」、「豚トロ」。
ウチの子供を豚肉扱いするのはやめて下さい！
゜(´(OO)`)゜。ぶひぃーん。
確かに「2929（ニクニク）」ですけど……。

名前は「松」です。この娘が幸せに長生き出来ますように。

コメント欄（3）

投稿者：大国実頼　天正17年　3月16日　卯二つ
兄上！おめでとう！！子供が可愛いからってバカ親になっちゃダメだよ。

投稿者：直江兼続　天正17年　3月16日　辰の刻
実頼、ありがとう！　でも、「バカ親」だと私がただのバカになっちゃうw　正しいのは「親バカ」ね！

投稿者：軒XILE・TETSUYA　天正17年　5月27日　申の刻
[壁]＿・。) チラッ
秀吉様に後継者候補となる男の子が産まれました！「鶴松」くんです。

TOP

天正17年　6月9日

佐渡へ

読者の方々、ようこそ我が武ログへ！
前の更新から約3ヶ月、合戦の準備を進めてまいりました。
今回の目標は、海を渡って佐渡島の「本間家」を子会社化する事。

佐渡島は金の宝庫という話を聞きつけた秀吉様の命令です。
出張に当たり、物資を揃えました。

在庫管理ノート

米	馬	弓	矢	火縄銃
3379俵 （+500俵）	574頭 （+50頭）	2875張 （+700張）	105825本 （+50000本）	200丁 （+40丁）

備考…海上戦になる可能性もあるので奮発して飛び道具を多めに！σ(ﾟ-^*)

いざ上陸して合戦開始！
しかし、本間家社員の皆さんは闇雲に突っ込んできますね……。
まるで自ら攻撃を浴びようとしているかのよう。

景勝様からメール着信です。

景勝メール　「佐渡島のわりにはマゾばっかw」

こうして、一方的なお仕置きで佐渡島を子会社化する事が出来ました！

これで莫大な資金を手に出来るでしょう。v(*'-^*)ゞ・゛☆ブイ
しかし、秀吉様はこの金を一体何に使うつもりなのやら？
n (ー_ー?)ン?

コメント欄（10）

投稿者：泉沢久秀　天正17年　6月9日　卯の刻
ウーッス！本間家のヤツラが持って逃げたことにして、少しもらっちゃお？w

投稿者：石田三成　天正17年　6月9日　午の刻
上杉家の皆さん、ご苦労様！　午後3時キッチリまで「豊臣バンク」への
振り込みお願いします(*'へ'*)ぷんぷん

投稿者：島左近　天正17年　6月9日　午の刻
毎度お世話になっております！　この度、昇進しましたのでご報告。
石田家の部長・島左近です。

投稿者：直江兼続　天正17年　6月9日　午二つ
島さん、おめでとうございます！

投稿者：軒XILE・USA　天正17年　11月13日　申の刻
［壁］_・。) チラッ
♪神奈川の北条家が、長野の「真田家」の支店、名胡桃城を乗っ取りました！
北条家は関東全域を乗っ取る寸前です。

投稿者：軒XILE・HIRO　天正17年　11月13日　申の刻
［壁］_・。) チラッ
♪7月。山形の「伊達政宗」が福島の「蘆名義久」に合戦をしかけました。「摺
上原の戦い」で蘆名家倒産！伊達家がほぼ東北を手に入れました。　これは油
断出来ない存在になってきましたぞ！

投稿者：伊達政宗　天正17年　11月14日　辰の刻
オッス！オラ山形の伊達政宗。猿なんがど手切って、オラ達と業務提携
すっぺ？断ったら、次のターゲットはおめだちだかんな！

投稿者：片倉小十郎　天正17年　11月14日　辰の刻
んだ、んだ！

投稿者：上杉景勝　天正17年　11月14日　巳の刻
変なのが湧いたなｗ　ｳﾋｬﾋｬﾋｬ

投稿者：軒XILE・ATSUSHI　天正17年　11月15日　申の刻
[壁]_・。) チラッ
秀吉様は、山形の「伊達政宗」に対し子会社になるようメールを送りまくっているようですが政宗はシカトしているようです。

天正18年　3月29日

小田原へ

読者の方々、ようこそ我が武ログへ！
佐渡島での戦いから1年近く経ってしまいました……。

あの後、実は秀吉様の秘書「石田三成」さんからメールが届いたんです。
それをきっかけに忙しくなってしまいました。

「秀吉様は、子会社の大半を動員して神奈川の北条家を攻める小田原征伐キャンペーンの準備を進めています。上杉家もキッチリ準備して下さいね！」

今、東海地方から西にある企業はほぼ豊臣家の子会社となっています。
まだ、従っていない企業の中で有力なのは神奈川の「北条家」と山形の「伊達家」。しかも、この2社は古くから業務提携している仲。

北条家がほぼ関東を手に入れ、伊達が東北を手に入れた今。
秀吉様にとって最も注意したい企業だと思われます。

子会社である長野の「真田家」が攻撃を受けたのを口実に、北条家を叩きつぶしたい！　というのが秀吉様の考えでしょう。

伊達家から上杉家に業務提携の話が来ているのですが、
どうでしょう?(´-ω-`)う～ん
3社合同でも秀吉様に対抗するにはちょっと力不足のような……。
景勝様とも相談し、この件は見送る事にしました。

コメント欄 (3)

投稿者：<u>伊達政宗</u>　天正18年　3月29日　辰の刻
オッス！よぐもシカトこぎやがっだな～。上杉つぶすべ！

投稿者：<u>片倉小十郎</u>　天正18年　3月29日　辰の刻
んだ、んだ！

投稿者：<u>豊臣秀吉</u>　天正18年　3月29日　巳二つ
ほ～。上杉家に手を出すと言うことは、この秀吉に挑戦する気でござるか？小田原の後は、山形旅行でござるかな？w

TOP

天正18年　4月1日

小田原征伐

読者の方々、ようこそ我が武ログへ！
上杉家は秀吉様側として参戦！　関東一円を、信州方面、東海道方面から包み込んで北条家を締め上げる作戦のようです。

上杉家は石川の「前田家」と一緒に北条家の群馬支店「松井田城」を3月上旬から攻撃中！

なかなか手強い……。2社合同の攻撃でもビクともしません。
支店長の「大道寺政繁」、なかなかやるようです。

石川の「前田利家」様と昼食をとりながら作戦会議をする事になりました。
ケータリングをお願いしていたのですが、そこへやって来たのは……
以前、京都でお見かけした「カレー専門店　松風」の穀蔵院瓢戸斎さん！

ぉお(ﾟﾛﾟ)ﾉﾉ　……やっぱりバキュームカーで来てますねw

でも、私以上に驚いたのは前田利家様。

「お、お前は……慶次！」

話を聞くと、「穀蔵院瓢戸斎」は偽名で「前田慶次」というのが本名らしいのです。お店で元前田家社員とは聞いてましたが義理の甥だったとは！！

感動の再会といったところでしょうか?(n_n)
……と思ったのですが、利家様が怒り出し口論になりました。

「お前！　オレの大切にしていたダビデ像を勝手に売り飛ばしやがって！！
　その金でバキュームカー買ったらしいな！？　オレのおチン……いや、
　ダビデ君を　返せ(´・д・)ﾊﾞｰｶ」

(*ﾟ0ﾟ)ﾊｯ　ダビデ像……。な、なんか利家様も男好きの衆道家な気配。

その時、警報サイレンが鳴り響きました。
昼時を狙って北条家の社員が攻撃をしかけてきたようです。

慶次さんは颯爽とバキュームカーに飛び乗り、
ホースから大量のカレーを撒き散らしました！
慌てて逃げる北条家の皆さん。きっとウ◯コだと思ったのでしょう(笑)

コメント欄 (5)

投稿者：<u>真田信繁</u>　天正18年　4月1日　未の刻
トォー！兼続様、お久しぶり。オレも小田原征伐に参加してるぜ！
あっ、敵がオレを呼んでいる。トォリャー！！

投稿者：<u>石田三成</u>　天正18年　4月1日　未の刻
私は埼玉支店「忍城」攻めの総大将を命じられたのですが実戦はサッパリわかりません。「ランチェスターの法則」をキッチリ読み込んだのですが……。

投稿者：島左近　天正18年　4月1日　未の刻
毎度お世話になっております！　この度、昇進して、取締役・島左近となりました。合戦には自信あるのですが、忍城の守りが堅くて落とせません……。

投稿者：直江兼続　天正18年　4月1日　未三つ
石田さんも合戦苦手ですか。私もです……。でも、今年から始めた「太閤検地」の成果が出ていますね。年収に応じてキッチリ適正な税金を集めるなんて画期的です！

投稿者：豊臣秀吉　天正18年　4月1日　申の刻
苦戦してるようじゃの〜。ちなみに、検地は信長様の部下だった天正9年からやっておるぞ。三成が考えたでござルw

TOP

天正18年　5月18日

小田原征伐②

読者の方々、ようこそ我が武ログへ！
結局、群馬支店「松井田城」を攻め落とすのに約1ヶ月もかかってしまいました……。さて、埼玉支店「忍城」を攻めている石田さんはまだまだ苦戦しているようです。く(￣△￣)ノガンバレェェェ！！

各方面で苦戦が続く中、華々しい業績を上げているのが
静岡の「徳川家康」様。

静岡方面から侵入し、次々と北条家の支店を閉店に追い込み、
一番乗りで本社「小田原城」に迫ったらしいです。
さすがは「街道一の弓取り」と呼ばれる合戦のスペシャリスト。

しかし「小牧長久手の戦い」はホントに無かったことになっていますね。秀吉様の部下として奮戦していらっしゃいます。

そして、私達がこうして戦っている最中、発起人の秀吉様は……

小田原城を見下ろせる石垣山というところに城を築いているそうです。

んー、もはや城を造るまでもなく圧倒的に勝てそうですが？
一体、どんな意味があるのやら？

コメント欄 (2)

投稿者：豊臣秀吉　天正18年　5月18日　申の刻
それは…、まだ秘密でござルw　しかし完成が楽しみじゃの！

投稿者：直江兼続　天正18年　5月18日　酉の刻
きっと秀吉様の事ですから、何かサプライズがありそうな〜。

TOP

天正18年　6月29日

小田原征伐③

読者の方々、ようこそ我が武ログへ！
あの後、秀吉様の城が完成しました。
よく見ると林の中に造ったんですねー。
そして、秀吉様は城の周りの木を切り倒すように命令を出したのです。
ん？　これはどんな意味が？　秀吉様に尋ねると〜

秀吉 「今まで木に隠れていて、小田原城からはこの城が見えなかった
　　　でござル。でも、木がなくなった事で見えるようになったはず。
　　　北条のやつら、一夜で城が出来た！　と大慌てでござルw」

な、なるほど！　それは衝撃的！！
秀吉様は若い頃にも、岐阜の墨俣に一夜城を築いて斎藤家のド胆を抜いたらしいですね。

そんな石垣山城で、毎日ドンチャン騒ぎとか……。
イズミンとか弟の実頼なんかは「ズルいな〜！」と羨ましがってましたが、秀吉様はただ呑気に遊んでるわけじゃなさそうです。

きっと、何か考えがあるような……。一体、何かな？？？

コメント欄 (5)

投稿者：豊臣秀吉　天正18年　6月29日　申の刻
まあ、そのうち効果が出てくるはずだから楽しみに待つでござルw

投稿者：直江兼続　天正18年　6月29日　酉の刻
秀吉様の知恵は奥が深いですね〜。拝見させていただきます！

投稿者：石田三成　天正18年　6月29日　午の刻
秀吉様のアドバイスを参考に、忍城へ水攻めしてみたんですが、干ばつの時期で逆に喜ばれてしまいました。(＿　＿|||)
この失敗分はキッチリ挽回しないと……。

投稿者：島左近　天正18年　6月29日　午の刻
毎度お世話になっております！　この度、昇進しまして、常務・島左近になりました。石田様へ合戦レクチャーしてるのですが、なかなかうまくいかず困りましたな……。

投稿者：直江兼続　天正18年　6月29日　午三つ
昔、秀吉様が毛利家の高松城に使った手ですね。
それでもビクともしないのなら石田さんの責任じゃないですよ。
次こそ頑張りましょう！　で、島さん、異常に出世がはやいや(笑)

TOP

天正18年　7月1日

小田原征伐④

読者の方々、ようこそ我が武ログへ！
相変わらず小田原城の包囲は続いております。
この小田原城、昔は大した防御力じゃなかったらしいのですが、
時の流れとともにリフォームが進み「総構え」という
ほとんど弱点のない城に生まれ変わったようです。

ここを強引に力攻めしたら多くの社員が殉職しそう……。
包囲してプレッシャーをかけ続ける秀吉様の作戦は、実は正しいのではないでしょうか?

そして、今日、秀吉様から小田原征伐キャンペーンに参加している全企業の社員に一斉メールがありました。

秀吉様は、そろそろ北条家がギブアップするのではないかと考え
北条家の会長「北条氏政」に、そろそろ負けを認めてはどうか?
と電話したそうです。

すると、「ちょっと取締役会議中だから待ってね!」という答え。

電話の向こうから相談中の会話が聞こえたそうです。
ﾋｿ(;;:@盆@)ﾋｿ(@盆@)ﾋｿ(@盆@..;;)ﾋｿ

そして1日が終わろうとした頃、返ってきた答えは…
「まだ決まらないから折り返すね!」
(＿＿|||) ｱﾊﾊ・・・

コメント欄 (3)

投稿者: <u>石田三成</u>　天正18年　7月1日　酉の刻
忍城、まだまだ落ちそうもありません……。

投稿者: <u>軒XILE・TAKAHIRO</u>　天正18年　7月1日　申の刻
[壁]_・｡) ﾁﾗｯ
山形の「伊達政宗」。秀吉様の圧倒的な社員数を知って、刃向かうのを断念した様子。現在、謝罪の為に小田原方面へ向かっているようです。

投稿者: <u>直江兼続</u>　天正18年　7月1日　酉の刻
業務提携中の伊達家が降参したら、
さすがに北条家も決断出来そうですね!

天正18年　7月10日

小田原征伐⑤

読者の方々、ようこそ我が武ログへ！
あれから1ヶ月、ずぅ〜っと小田原城を囲んでいます。
小競り合い程度の戦いはあるのですが、基本的にはおだやか。
ここが本当に合戦場なのか？　と思えるほどです。

景勝様のお誘いで、
野外のティータイムを楽しむ事になりました！(*ˆワˆ*)

すると……悠然と歩く若い男が目の前を通りました。
片目に眼帯をあてた隻眼姿です。
隻眼と言えば、確か山形の「伊達政宗」がそうだったはず。
小さい頃に病気で右目を失明したと聞いたことがあります。

男は急に立ち止まり
「着替えるべ！」と部下に命令

すると、3人組が現れ簡易式の着替えルームを設置。

その様子を見て、景勝様が反応しました！

景勝メール　「あれ、スーパージョッキーの
　　　　　　　熱湯兄弟じゃねぇ？w
　　　　　　ダチョウ倶楽部に会えるなんて感激ｗｗ」

着替えルームの中に入った男は、軽快なリズムにのって着替え始め、
白装束姿に変身！　そして、いつの間にか用意されていた湯船にドボン！！

「あっ、熱い！」と騒ぐ男をダチョウ倶楽部が押さえ込み、
巻き込まれる形で3人も湯船に落ちていきました。
一連のショーを見せられた感じですね……。

男は「これだけ濡れれば充分だぺ」と言うと、
いきなりダッシュ!≡≡≡ヘ(*--)ノ

そのまま秀吉様のいるキャンプへ駆け込みました。
景勝様と私も後を追ってみました。

男　「山形から全力ではすっできました!　政宗でっす。申し訳ねぇっす。
　　　もし許されないならいづでも斬りすててもらってかまわねっす。
　　　この通り、白装束だで、死ぬ覚悟は出来てますだ」

大量の汗に見せかけるため、白装束ごと風呂に入ったのに……。
直前でダッシュしたのに……。

平然と必死なフリで謝罪している政宗、なかなか大胆な男ですね。
ｺﾞｼｺﾞｼ(-＼)(／_-)三(ﾟД ﾟ) ｽ,ｽｹﾞｰ!

最初は顔を真っ赤にして怒っていた秀吉様。
しかし、急に表情がゆるむと大笑い!
きっと全てのウソを見抜いた上で、政宗の大胆さを買ったのでしょう。

こうして、政宗は遅刻の罪を許され豊臣家の子会社となったのです

コメント欄 (3)

投稿者：泉沢久秀　天正18年　7月10日　卯の刻
ウースッ!熱湯コマーシャルは最高だったw
下品なんてケチつけたヤツ、意味わかんねー!

投稿者：上杉景勝　天正18年　7月10日　卯三つ
見えそうで見えないのがいいよなw　ｳﾋｬﾋｬﾋｬ

投稿者：直江兼続　天正18年　7月10日　辰の刻
この流れ……。私はノーコメントです。(´Д｀;)ﾉｧ・・・

天正18年　7月16日

小田原征伐⑥

読者の方々、ようこそ我が武ログへ！
さて、本日、秀吉様に北条家から「降参です！」と連絡が入ったそうです。

秀吉様が連日ドンチャン騒ぎした事で、「あっちの方が楽しく生きられそうだ！」と豊臣家に転職を希望する者が後を絶たないとの事。

なるほど、秀吉様はこんな効果を狙ってたわけですか！
更に、頼みの綱だった業務提携先「伊達家」が豊臣家の子会社になってしまった事が重なり、勝ち目がないのをやっと理解したのです。

会長の「北条氏政」と弟で取締役の「北条氏照」は切腹！
社長の「北条氏直」は徳川家康様の娘婿だった事もあり、和歌山の高野山という更正施設送りに止まりました。

こうして、名物社長「北条早雲」によって開業された北条家は約90年の歴史に幕を閉じたのです。

 1 5 9 　0
「一国のお終い　小田原征伐（1590）」　と社史に記録しました。

コメント欄（2）

投稿者：石田三成　天正18年　7月16日　巳の刻
結局、群馬支店「忍城」を落とせませんでした……。
キッチリ計画立てて臨んだのにo(TへTo) くぅ

投稿者：直江兼続　天正18年　7月16日　申の刻
何はともあれ、勝ったのでいいじゃないですか！

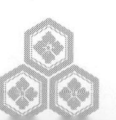

天正19年　2月25日

またまた鑑賞会

読者の方々、ようこそ我が武ログへ！
小田原征伐キャンペーンも終了し、新潟に戻って半年ほどゆっくり休養しておりました。モフモフ(´ω`*)
そう言えば、私も32歳。ちょっと加齢臭が心配になってきました(笑)

さて、今日は私をモデルにしたMHKさんのドラマ鑑賞会。
上杉家のみんなだけでなく、友人知人も招いての宴会モードで行いました。
「本能寺の変後」から「上杉家が豊臣家の子会社になった辺り」まで一気に再生。

今回、特に気になるところはないな〜。
と思っていたところ……。

「ち、違いますよ！！」

声を発したのは、私の友人の1人。東京の目黒区から遊びに来ていた「増野光晴」さん。「いけばな雪舟流」の次期家元です。

増野さんいわく、
「秀吉さんと京都で会ったシーンで、いけばなが飾られていたけど、あのユリは今の時代にあるはずないですよ！　ヤマユリは昔からあるけど、ドラマに映っていたのは交配種だからねぇ。ヤマユリだって栽培が始まったのは江戸時代からなんです」

へぇ～、そうなんですか？
ところで、江戸時代って何でしよう？
今、時代の最先端、安土桃山時代。
過去にそんな時代ないですけど……。(・∩・) ?ｱﾚ??≡3

コメント欄 (5)

投稿者：<u>大国実頼</u>　天正19年　2月25日　午三つ
兄上！江戸時代ってエド・はるみに勢いがあった頃の事？

投稿者：<u>上杉景勝</u>　天正19年　2月25日　未の刻
いや、エド山口だろw　ｳﾋｬﾋｬﾋｬ

投稿者：<u>直江兼続</u>　天正19年　2月25日　未三つ
景勝様、それってモト冬樹のお兄さんでしたっけ？

投稿者：<u>軒XILE・KENJI</u>　天正19年　2月28日　申の刻
[壁]_・｡) チラッ
♪秀吉様の弟「豊臣秀長」様が亡くなりました。

投稿者：<u>軒XILE・HIRO</u>　天正19年　2月28日　申の刻
[壁]_・｡) チラッ
♪秀吉様の給湯係「千利休」が、秀吉様を怒らせ切腹を命じられました。

大国実頼の
『兄は兼続・アニーは初代・山尾志桜里』
千利休はなぜ切腹させられたのか？

　秀吉様を怒らせた理由は、安物の茶器でボッタくったとか、いろんな噂が流れてるよ～。でも、秀吉様に正論を吐ける唯一の存在だった利休さんが邪魔だったヤツらがいたのも事実。そいつらの陰謀かもしれないんだよね……。

「大国実頼」の武ログより一部抜粋

天正19年　12月25日

豊臣家の未来は？

読者の方々、ようこそ我が武ログへ！
さて、ちょっと悲しいニュースがあります。
8月、秀吉様の後継者候補「鶴松」くんが3歳で亡くなりました。

これで豊臣家の次期社長がいなくなってしまいました……。
豊臣家の関係者はみんな心配していたところ、秀吉様から一斉メール。

秀吉メール　「甥の秀次を養子に迎えた！
　　　　　　　これで豊臣家の将来は安心でござル」

秀吉様は、秀次様に関白のポジションを譲り「太閤」という新たなポジションに就いたそうです。一応、引退って事なのですが、裏ではまだまだ実権を握っていそうですね。

ともかく、豊臣家の一大事が解決して一安心！

コメント欄（2）

投稿者：<u>石田三成</u>　天正19年　12月25日　辰の刻
ご心配かけました。でも、後継者問題にキッチリ片がついて
私もホッとしております！

投稿者：<u>直江兼続</u>　天正19年　12月25日　辰三つ
昔、上杉家で後継者問題で大変な思いをしました。決まってよかった！

天正20年　2月4日

事業計画

読者の方々、ようこそ我が武ログへ！
実は、合戦続きで上杉家の財政がちょっと厳しくなって参りました……。
そこで、財政を安定させるべく新事業に取り組む事を決意！

新事業とは～　「米作農業」ヾ(´▽｀*;)ゞ"

企業にとって収入の基本となるのは「米」です。
収穫量が豊富であればあるほど「石高」という資金力がアップし、
財政豊かな企業という事になるんです。

実は、新潟ってそんなに米の収穫量が多くありません……。
だから、農家の皆さんに頑張って米作りに取り組んでもらえるよう、
無駄に空いている平野を開拓して水田にしました！

結果、多くの農家の方に喜んでもらえたようです！
稲刈りの時期が楽しみ(o≧▽˚)oニパッ

コメント欄 (2)

投稿者：大国実頼　天正20年　2月4日　未の刻
兄上！田んぼに高木美保さんという人が住み着いちゃったけど、
どうしよう？

投稿者：直江兼続　天正20年　2月4日　未の刻
その人は農業大好きだから大事にしてあげて (笑)

天正20年　2月10日

街おこし

読者の方々、ようこそ我が武ログへ！
新潟の再生計画はまだまだこれから。
続いて着手したのは、**「地域産品の販売強化」** ヽ(*'-^*)。

昔から新潟にはカラムシという植物が多く生息していました。
そのカラムシから「青苧」という繊維を取り出して布を作る事が出来ます。布はとても貴重なものですから、産地としてアピールすれば注目を浴びるはず！

青苧の量産に取り組み大量の布を作成。沢山のお客さんが見込める京都に持ち込んだところ飛ぶように売れました！
今度は、更に売上を伸ばすべく、景勝様自らPRキャンペーンやってもらおうかな？(笑)

コメント欄 (3)

投稿者：上杉景勝　天正20年　2月10日　未の刻
オレはアレか、東国原知事ｗｗ　ｳﾋｬﾋｬﾋｬ

投稿者：直江兼続　天正20年　2月10日　未三つ
デス(笑)

投稿者：軒XILE・HIRO　天正20年　2月10日　申の刻
[壁]_・｡)チラッ
去年、秀吉様から山形の伊達政宗に小田原征伐遅刻のペナルティがあたえられました。石高58万石の宮城へ本社移転です。政宗、だいぶ悔しがってるようでした。

天正20年　3月4日

豊臣家の人事

読者の方々、ようこそ我が武ログへ！
今日、豊臣家では大きな人事の発表がありました。

常務取締役　（名称：「五人御奉行」会）
徳川家康（関東方面の子会社・社長）
前田利家（北陸地方の子会社・社長）
毛利輝元（中国地方の子会社・社長）
宇喜多秀家（同じく中国地方の子会社・社長）
小早川隆景（北九州の子会社・社長）

執行役員　（名称：「五人御年寄」会）
浅野長政（山梨の子会社・社長）
石田三成（滋賀の子会社・社長）
増田長盛（奈良の子会社・社長）
長束正家（滋賀の子会社・社長）
前田玄以（京都の子会社・社長）

おぉ、石田さんすごいなー！！(v^ー゜) ヤッタネ

コメント欄 (5)

投稿者：上杉景勝　天正20年　3月4日　卯の刻
オレ入ってねーｗ
まあ、面倒くさそうだからいいやｗｗ　ｳﾋｬﾋｬﾋｬ

投稿者：島左近　天正20年　3月4日　辰二つ
毎度お世話になっております！　この度、昇進しまして、
専務・島左近となりました。

投稿者：直江兼続　天正20年　3月4日　辰三つ
島さんって、「モーニング」で漫画の主人公になってませんでした？(笑)

投稿者：大国実頼　天正20年　3月4日　午三つ
兄上！石田さんが「年寄」になってるけど、そんなに老人なの？

投稿者：直江兼続　天正20年　3月4日　未の刻
重役の事を年寄りって言うから覚えておいて。
ちなみに、宿老とか家老とか言うのも重役だから。

TOP

天正20年　4月1日

海外出張！？

読者の方々、ようこそ我が武ログへ！

去年、秀吉様をとりまく多くの人が亡くなりました。

特に「豊臣秀長」様は秀吉様に意見出来る数少ない人物だっただけに、その死は社会を大きく変えるかもしれないと思っていました。

すると早速、悪い予感は的中してしまいました。

秀吉様が「中国と韓国を手に入れたい！」と言い出したのです……。

せっかく平和な時代となったのに、今度は外国を攻めるというのですか……。

まずは、その足がかりとなる韓国へ向かうことになり、上杉家の出張も決まりました。

コメント欄 (2)

投稿者：宇喜田秀家　天正20年　4月1日　酉三つ
アロハ～！今回の韓国出張で日本代表チーム「真・侍JAPAN」の監督を務める

ことになった宇喜田です。正直、外国行けるなんて思ってなかったからウキウキ〜！

投稿者：直江兼続　天正20年　4月1日　亥の刻
宇喜田様、初めまして。よろしくお願いします！

天正20年　7月1日

城造り

読者の方々、ようこそ我が武ログへ！
今、私達は韓国に来ております。

4月上旬頃から作戦は始まっていて、小西行長さん、加藤清正さん、黒田長政さんなどが先頭を切ってお仕事を開始しました。

中国へ行くために、まずは韓国の「李氏」を子会社として取り込む必要があるのです。「釜山鎮の戦い」、「東莱城の戦い」などで連戦連勝、順調な滑り出し！

さて、遅れて6月頃に韓国に入国した上杉家。
与えられた仕事は？　というと「城造り」でした。
熊川という場所に、日本代表チームの最前線宿泊所兼作戦本部を
建設しなければなりません。

城の建設もある程度進んだところで来訪者がありました。
今、思いっきり夏なのですがコートにマフラー姿。
メガネをかけた半笑いの青年です。

レストランのプロデュースをしているのでケータリングに
いかがでしょう？　というお話でした。

城建設のお手伝い係として来ていた数人の女性達は、
「あっ！　ヨン様だ！！」と色めき立ったのですが、景勝様は信用して

ない様子。

景勝メール　「何でもヨン様って騒ぐバカ日本人なら
　　　　　　　　騙せる、とタカをくくって来たに違いない。
　　　　　　　追い払っちゃえ！　あの半笑いが
　　　　　　詐欺師の笑い方だ！ペッペッ！w」

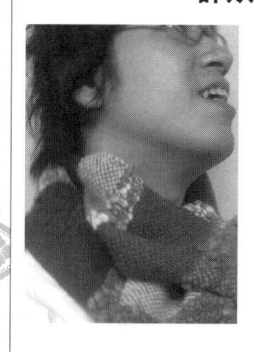

んー、どう見ても本物だったような～。

コメント欄 (5)

投稿者：加藤清正　天正20年　7月1日　寅の刻
上杉家はいいな～、城造りの担当になって。
オイラも城造り好きだから「悔しいです！」

投稿者：福島正則　天正20年　7月1日　辰の刻
城造りもロックだぜ～！加トちゃんの気持ちはよくわかるぜ～！Baby！！

投稿者：石田三成　天正20年　7月1日　巳の刻
加藤くん！　福島くん！　書き込みなんかしてる暇あったら、
キッチリ働いてください！！

投稿者：直江兼続　天正20年　7月1日　酉三つ
秀吉様の秘書だった加藤さん、福島さんですね。お疲れ様です。
とりあえずこの遠征がうまくいきそうで何より。一層頑張りましょう！

投稿者：前田慶次　天正20年　7月1日　亥の刻
チョリ〜っす！なんか楽しそう、オレも行けばよかったw
しかし、未だに韓流LOVEとか騒いでるバカ見るとゾッとするよね〜ｗｗ

TOP

天正20年　9月18日

帰国

読者の方々、ようこそ我が武ログへ！
遠征が始まってから約半年経ちました。

上杉家は9月上旬に城造りの仕事を終え、一足先に帰国の途へ。
そして、新潟へ帰る前に景勝様と秀吉様のところへ寄る事になりました。

秀吉様は今回の遠征が始まる前、佐賀の唐津に「名護屋城」という巨大
宿泊施設を建設し、本人はもちろん日本から後方支援を行う子会社の
社員達を寝泊まりさせています。

よく愛知の「名古屋城」と間違えられますが、
「名護屋城」ですから覚えておいて下さいね！

報告完了。さすがにぐったりしてるので、すぐさま眠りにつきました。

追伸
次女「梅」が誕生しました！

コメント欄（2）

投稿者：豊臣秀吉　天正20年　9月19日　申の刻
最近、老眼かの〜。目が疲れるので他人の武ログ見るのしばらく
休ませてもらう事にした。兼続すまんでゴザル。

投稿者：直江兼続　天正20年　9月19日　申の刻
いえいえ、お気遣いなく。ゆっくりと静養してください。

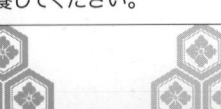

文禄2年　1月9日

水面下で……

読者の方々、ようこそ我が武ログへ！
帰国してから3ヶ月ほど経ちましたが、韓国ではまだまだ戦いが続いているようです。前半戦は日本代表チームが優勢「日3―0韓」。

しかし、後半戦。中国代表の企業「明チーム」が応援にかけつけ、韓国チームの逆襲が始まりました！「日4―4韓」というような戦局です。
そして、石田さんからメール着信。

石田メール　「実は、豊臣家の取締役の間ではやればやるほど赤字の
　　　　　　　中国進出を取り止めたいと思っている。
　　　　　　　秀吉様にはまだ知らせていませんが……」

取締役会議では既に決定された事だそうです。
また、中国の企業「明」も戦いに疲れているようで日本と同じように社長だけが知らない停戦への動きが進んでいるとか。

お互い終戦ムードを作って、さっさと和解に持って行こう！
〜という、両国の取締役が考えた作戦のようです。

こうして、今回の遠征は終了し日本代表チームは帰国しました。
秘密の件、バレないといいのですが……。

コメント欄（4）

投稿者：福島正則　文禄2年　1月9日　辰の刻
戦はロックだぜ〜！なんか三成がエラそうでイラッとするぜ〜！！
兼続ちゃんも、そうじゃない？

投稿者：加藤清正　文禄2年　1月9日　辰三つ
そうだねー！いつの間にか三成の部下扱いかよ！？

悔しいです！兼続ちゃんの事も、きっと部下くらいに考えてるぜ。

投稿者：石田三成　文禄2年　1月9日　巳の刻
そういうつもりはありません！　誤解を招いたようなのでお詫びします。あ、そうそう業務連絡。日本から持ち込んだ物資はキッチリ持ち帰ってください。

投稿者：直江兼続　文禄2年　1月9日　未の刻
石田さんは、豊臣家の事を思ってキッチリ仕事してるだけなので福島さんも加藤さんも誤解しないで！

TOP

文禄2年　8月10日

文禄の役が終わって

読者の方々、ようこそ我が武ログへ！
秀吉様の中国進出計画をかけた「文禄の役」が終了してから半年ほど。

上杉家は、ほんのちょっとしか現地に行っておりません。
詳しい事が知りたかったので、福島正則さんや加藤清正さん、そして監督を務めた宇喜田秀家さんの武ログをチェックしたところ……想像以上に激しく厳しい戦いの日々だったようです。
気になる方は読んでみて下さい！

コメント欄 (2)

投稿者：軒XILE・HIRO　文禄2年　8月10日　申の刻
[壁]＿・。) チラッ
秀吉様に、後継者候補となるお子様「拾丸」様が誕生しました！

投稿者：直江兼続　文禄2年　8月10日　酉二つ
既に後継者に指名されてる関白「豊臣秀次」様はどうなっちゃうのでしょうね～。

文禄3年　2月16日

私も！

読者の方々、ようこそ我が武ログへ！
去年、秀吉様の子供が誕生しましたが、

私にも男の子が産まれました！！

待望の直江家後継者候補です。
フィーバー♪┌(★o☆)┘♪└(★o★)┐♪┌(☆o★)┘フィーバー♪

早速、景勝様に報告を！
……と思いましたが、長女誕生の時イタズラされてしまったので後回しにしようかな？(笑)

コメント欄 (2)

投稿者：<u>前田慶次</u>　文禄3年　2月16日　亥二つ
チョリ～っす！おめw
ところで、上杉家は変わったヤツが多くて楽しそうw
オレ、中途採用してくんねーかな？

投稿者：<u>直江兼続</u>　文禄3年　2月16日　亥三つ
前田さんだったら大歓迎！　課長待遇でお迎えします！！

前田慶次の
『カブキ・ロックス』

　チョリ～すっ！　読者のみんなにご報告。なんとこの歳で上杉家に就職する事になったぜ。俺って若く見られるけど実は50歳くらい、だったと思うwww

「前田慶次」の武ログより一部抜粋

文禄4年　7月16日

五人御奉行入り

読者の方々、ようこそ我が武ログへ！
更新が1年以上も空いてしまい申し訳ありません。

今年の1月おめでたい事がありました！
景勝様が、豊臣家の常務取締役「五人御奉行」会に入る事になったんです！

更に！　上杉家は佐渡島金山の経営を担当する事になりました。
そして、景勝様から所長を命じられましたのでますます頑張りたいと思います！　早速、お祝いに社長室「毘沙門堂」を訪ねると……。

上杉家宛の領収書を豊臣家宛に書き換えてました。
いくら何でもせこすぎるのでやめてください！(*´Д`)=3ハァ…

コメント欄 (2)
投稿者：<u>前田慶次</u>　文禄4年　7月16日　未の刻
チョリ～っす！実は武ログ書くの面倒になってない？
どんどん短くなってるｗｗ

投稿者：<u>直江兼続</u>　文禄4年　7月16日　未二つ
い、忙しいだけなんですよ！

文禄4年　7月23日

豊臣家の異変

読者の方々、ようこそ我が武ログへ！
今日、気になる出来事がありました……。

秀吉様が養子で関白の「豊臣秀次」様を切腹させてしまったのです！
職務怠慢など数々の罪状を叩き付けたようですが、妻や子供達まで処刑する

というのはやり過ぎじゃないでしょうか？(ー､ー)うー

コメント欄 (2)

投稿者：石田三成　天正20年　7月23日　巳の刻
様子が変わったのは、後継者候補の「拾丸」様が産まれてからなのですよ……。どんなにキッチリ意見しても聞いてもらえません。(＿　＿|||)

投稿者：直江兼続　天正20年　7月23日　巳二つ
石田さん、大変そうですね……。

TOP

文禄5年　7月1日

決裂

いつも愛読いただきありがとう！
また、1年ぶりの更新です。そして、今回も残念なお知らせです。

石田さんから
「また、無駄な出費と人材の浪費が始まる(ノД`)･ﾟ･｡」と
愚痴の様なメールが届きました。

どうやら、秀吉様が中国進出プロジェクトの再開を
決めたようなのです＿|￣|○

前回の「文禄の役」では、日本と中国、両国の取締役達が社長に内緒で
和解交渉を進めました。その結果、両国の社長だけは「自分達が勝った！」と
思い込み、「あの土地をよこせ！」だの「金を出せ！」だの、お互い無茶な要求
を出し合う展開になったのです。

そして、特に怒りの大きかった秀吉様が
「負けたクセにけしからん！　もう1回こらしめてやるでザル！！」と
遠征を決めてしまったのだそうです……。

ここ数年、秀吉様は何か急ぎすぎというか、
ちょっと強引なところが目立ちます。
どこか、織田信長と似てきたような?(一`一)うーん

コメント欄 (2)

投稿者：藤田信吉　文禄5年　9月3日　巳二つ
上杉家取締役の藤田です！兼続殿、もう豊臣家の時代ではないかも
しれません。次の事を考えませんか？

投稿者：直江兼続　文禄5年　9月3日　巳三つ
藤田さん、豊臣家のもとで日本は1つにまとまってるんだからそんな事言っちゃ
ダメです！

TOP

慶長3年　4月1日

さよなら

いつも愛読いただきありがとう！
文禄が5年で終わり、元号が「慶長」と改まってから3年も過ぎてしまいました
……。

武ログを辞めたという噂も流れましたが、そういうわけではありません。
ホントに忙しくて……。ゞ(´Д`q汗)+･.

去年、慶長2年2月から中国進出をかけて、日本代表チームが再び韓国へ出
発しました。今回、上杉家はベンチ入りもしておりません

では、何で忙しかったかと申しますと……。

秀吉様の命令で新潟から福島へ本社を移転したのです！

会社の引っ越しは大変でした……。

せっかく、新潟の石高を上げたのに、仲良くなった農家の皆さんともお別れです。从´_ʊ`从ショボーン　引っ越しの準備を進めていると景勝様からメール着信。

景勝メール　「使ってみたい業者あるから連絡しとくよw」

引っ越しの準備が整いました。いつでも出発できる状態でスタンバイ。
景勝様のメールによると、どうやら夜中に来るそうです。なんか珍しい業者さんですね……。

さあ、やって来ました！

Σql゛Д゛lpﾜｫｫ　中村雅俊さんじゃないですか！？
こ、これって**「夜逃げ屋本舗」**

別に借金を抱えて逃げ出していくわけじゃないんですが……。

コメント欄 (2)

投稿者：<u>大国実頼</u>　慶長3年　4月1日　巳二つ
兄上！田んぼに住み着いてた高木美保さん、実は夜逃げ屋本舗の社員だったみたいだよ。一緒に着いて来るって！

投稿者：<u>直江兼続</u>　慶長3年　4月1日　巳三つ
そ、そう……(笑)

TOP

慶長3年　6月3日

新天地！

読者の方々、ようこそ我が武ログへ！
引っ越し完了です。移転先の福島は120万石！
新潟より豊かな土地なので<u>上杉家の経営面を考えるとプラス効果！！</u>

秀吉様の考えだと、宮城に移転させられた伊達家へのにらみを

利かせて欲しいのだそうです。

そして、新潟時代に手に入れた山形の米沢だけは引き続き
上杉家の支店が置ける事になりました。

支店長は、なんと私！
取締役兼支店長として米沢6万石を預かることになったんです。

コメント欄

投稿者：伊達政宗　慶長3年　6月3日　辰の刻
オッス！山形の米沢は伊達家の本社があっただよ。福島もオラ達の
もんだったのに奪い取られちゃったべ…。けぇしてけろ！！

投稿者：片倉小十郎　慶長3年　6月3日　辰二つ
んだ！んだ！けぇせ、けぇせ。

投稿者：石田三成　慶長3年　6月3日　巳の刻
伊達家は細々と宮城の運営をしながら、キッチリ反省し続けてください。

投稿者：直江兼続　慶長3年　6月3日　巳二つ
政宗さん！　不満があるなら秀吉様へ言ってもらわないと……。
私が決めた事じゃないのです。

TOP

慶長3年　8月18日

混乱の始まり……

いつも愛読いただきありがとう！
米沢の生活に慣れてきました。私は健やかな日々を送っています。
しかし、社会は混乱へ向かっているような気がします……。

5月頃から、秀吉様が寝たきり状態になってしまったのです。
il||li(つд-｡)il||li

急ぎ、景勝様と京都の伏見城へ！　秀吉様の寝室に入ると……

秀吉　「うぎゃ～！！　痛いでござル！！！」

なぜか寝室に入ってすぐのところへ寝かされていたようで、
景勝様が思いっきり踏んづけてしまいました。

室内を見回すと～
常務取締役、執行役員の皆さんが病床を囲んでいます。
先程、徳川家康様には自分が亡くなった後の事を託したそうです……。

幹部が揃ったところで、秀吉様が起き上がりました。

『露と落ち　露と消えにし　我が身かな
　　　　　　　浪速のことは　夢のまた夢』

～と、辞世の句を詠んだのです。
そして、天井を見つめながら急に泣き出し、最後の力を振り絞ると～

**「信長様～！　さ、猿はやりましたぞ～！！
　これで褒めてくださりますでござル！？」**

秀吉様が再び立ち上がる事はありませんでした。享年61。

こうして、農民から日本を代表するビジネスマンに昇りつめた
秀吉様の時代は終わったのです。

その時、徳川家康様の瞳がキラリ！　と光るのを私は見逃しませんでした。

コメント欄 (5)

投稿者：石田三成　慶長3年　8月18日　午の刻
秀吉様がやり残した事は、私達がキッチリ受け継ぎます！

投稿者：福島正則　慶長3年　8月18日　午二つ
葬儀もロックだぜ～！秀吉様を追悼するぜ～！(ノД`)･ﾟ･｡
ところで三成、お前ごときが後を受け継げるわけないぜ～！
Baby！

投稿者：加藤清正　慶長3年　8月18日　未の刻
秀吉様が逝ってしまうなんて悔しいです！o(T∧To)くぅ
オレも三成なんかに任せる気はない！！

投稿者：藤田信吉　慶長3年　8月18日　未二つ
上杉家取締役の藤田です！　次は徳川家康様の時代ではないかと思います。
いかがでしょう？

投稿者：直江兼続　慶長3年　8月18日　酉の刻
皆さん、今日は秀吉様を静かに弔いましょう……。
藤田さん、その話はまたにしてください！

[◀◀] [◀…前のページへ] [HOME] [次のページへ…▶] [▶▶]

石田三成の
『私の頭の中の秀吉様』
秀吉の人物像

　石田佐キッチリこと三成です。秀吉様が逝ってしまうなんて……。豊臣家、というか日本は秀吉様の超強烈な個性と知恵で保っていたのに……。秀吉様の部下として配属された時、一番驚いたのは右手でした。会われた方はみなさんご存じだと思いますが、なんと、指が6本もあったんです！

　最初、見間違いかと思って何回も数えましたが、やはり6本。しかし、それだけ秀吉様は特別な人間だったのですね……。300人も愛人がいたのに、なかなか子宝に恵まれなかった秀吉様。だからこそ、その秀吉様が待ち望んだ「拾丸」様を助けて豊臣家の発展に尽くすのが、これからの私の使命だと思うのです。

「石田三成」の武ログより一部抜粋

武ログ
直江兼続の「愛want忠」日記

人の章

【慶長4年〜慶長20年】

直江兼続公式ブログ
KANETSUGU NAOE

最後に愛は勝つ！愛

Presented by NIGENSHA

≪ 前のページ ｜ 最初 ｜ 3 ｜ 4 ｜ 5 ｜ 6 ｜ 最新 ｜ 次のページ ≫

慶長4年　2月27日
タヌキ

いつも愛読いただき感謝！

今年で私も39歳になります。一国一城の主にもなったことだし、ブログも模様替えです。

秀吉様の死から約7ヶ月。豊臣家の新社長にお子様の「拾丸」くんが就任。
平和な毎日が続いております。表面上は……。

先月末、豊臣家の執行役員「石田三成」さんから会いたいというメールがあったので例のシックなBarにて待ち合わせ。

あと10秒ほどで待ち合わせ時刻「酉の刻」。
しかし、時間に正確なはずの石田さんが現れる気配はなし。

おかしいな～？（・∩・）？
そして、酉の刻ジャスト。

Profile
直江兼続
[家老]

山形米沢6万石の城主となることになりました。最近、豊臣家と徳川家の水面下での争いが激しく、そういう政争に慣れていない私などは正直疲れてしまいます。でもまだ働き盛りの39歳！上杉家も120万石の大大名になったことですし、経団連入りを目指してまだまだ頑張りますよぉ～!!

・矢文を送る
・読者になる

人気！武ログランキング

1位	徳川家康	→
2位	石田三成	↑
3位	豊臣秀頼	↓
4位	前田利家	↓
5位	上杉景勝	↑

バリバリバリッ！

店内に置いてあったダンボールから
石田さんが現れました！..ヾ(｡ ̄□ ̄)ツ ギャァ!!

石田 「人につけられるとマズい為、
　　　宅配便で来ました。
　　　部下が間違ってクールにしちゃって
　　　凍え死ぬかと……」

そ、それで鼻水がつらら状態なのか……。

話の内容はというと～
秀吉様が存命の頃、企業オーナー家同士が豊臣家の断りなく婚姻関係を結ぶ事は禁止されていました。しかし、秀吉様が亡くなった途端に破るものが現れたというのです。

それは……豊臣家の常務取締役「徳川家康」

どうやら、家康は豊臣家の乗っ取りを企てているらしい。確かに、秀吉様が亡くなった時の様子はおかしかった。明らかに「この時を待っていた！」というような目の輝き……。

石田さんも家康を警戒していて、常務取締役の1人「前田利家」様に相談。
家康にはっきりと意見出来るのは、秀吉様の親友であったこの方のみ！

そして、利家様が家康に厳重注意すると、家康から謝罪があったそうです。
表面上は親切を装い、裏でコソコソと企むのが得意な

Link

宇喜多秀家
毛利輝元
徳川家康
石田三成
前田利家
前田慶次
真田信繁
上杉景勝
泉沢久秀
大国実頼

amasan.com

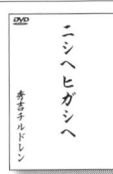

ニシヘヒガシヘ
秀吉チルドレン
ミュージックDVD
在庫あり　3,960文

SenGokuoogle

**黒猫大和の宅配便
クール宅配便**
日本全国津々浦々、鮮度を
保ったままどこへでも
お届け！(ただし離島を除く)

楽❶市
楽座

刀型携帯電話
ビジネス侍の必須アイテム。
刀を構えながらも事業報告
が可能!! ハイスペックモバ
イルフォンソード、生誕。
38,000文

事から「タヌキ」と呼ばれている家康。

これは何かが起きそう。　(。-`ω-)ンー
とりあえず、家康にはアクセスブロックをかけることにしました。

コメント欄 (4)

投稿者：上杉景勝　慶長4年　2月27日　午の刻
オレもその場に呼ばれた。しかしアレだな〜。猿っチが死んだ途端に牙を
むき出すタヌキ。あんまり好きじゃねーなｗｗ　ウヒャヒャヒャ

投稿者：軒XILE・NAOTO　慶長4年　3月10日　申の刻
[壁]_・。)チラッ
♪病気を患っていた前田利家様がお亡くなりになられました。

投稿者：軒XILE・HIRO　慶長4年　3月10日　申の刻
[壁]_・。)チラッ
♪石田三成様が「福島正則」様、「加藤清正」様らに襲われましたが
無事の様です。石田様の政治に不満を持つ社員が多数いる模様。

投稿者：軒XILE・MAKIDAI　慶長4年　3月10日　申の刻
[壁]_・。)チラッ
♪石田様、徳川様の命令により、滋賀の本社「佐和山城」で謹慎！
徳川様、いよいよ何かをしかけそうな気配です。

徳川家康の『取らぬタヌキの皮算用』
石田三成に分相応だと思うものは？

ちクソー！　三成め！！　若造のクセに立派な城と部下を持ちやがって。五層構造の佐和山城、戦上手の島左近など、ヤツには分不相応なんじゃっ！

「徳川家康」の武ログより一部抜粋

慶長5年　4月5日

解雇

いつも愛読いただき感謝！
石田様が豊臣家本社「大坂城」を追い出されてから約10ヶ月。
経営は徳川家康が牛耳る事となりました。利家様亡き今、その独走に
「待った！」をかけられる人物はいないのです……。

今日、上杉家の取締役会議があったのですが、
やはり議題は豊臣家の今後に関する事。(´Д｀;)/ﾊｧ・・・

藤田信吉　「必ず徳川様の時代になります。豊臣家に見切りを
　　　　　　つけなければ上杉家は滅びます！」

藤田さんは以前から徳川家よりに経営方針を改めるべきだと訴えてましたね
……。それは意見としてはわかりますが、私は「石田三成」さんの味方をしたい！
だって、友達！！♪(ﾟ▽^*)ﾉ⌒☆

実は、事前に景勝様と相談。
景勝様も徳川家康をあまりよく思ってないので、石田さんを応援しようかなー
という気分だそうです。

〜というわけで、上杉家全体の総意として石田さんをバックアップしていこう！
と決定されました。

石田さんとメールでやり取りしたところ、もし合戦になっても大丈夫なように
味方を集め出しているそうです。豊臣家取締役の大半が応援してくれるとの事。
(v^ｰﾟ) ヤッタネ

一度、決めたら私も心を鬼にしなければなりません！
徳川派の藤田さんを追い出すことにしました！！

方法は景勝様からアドバイスをいただきました。
さすがイタズラ好き。んー、これ、ホントにやるんですか？

ちょっとアレですが、試してみるとしましょうか (;￣д￣)

電車で通勤中の藤田さんのとなりに女装したイズミンを配置。
タイミングを見計らって「いや～ん！ 痴漢！！」と大声をあげさせたのです。

こうして、ダブルの意味で藤田さんを懲戒免職にする事が出来ました……。
後味悪いですけど、成功は成功ですね (;´・д・)

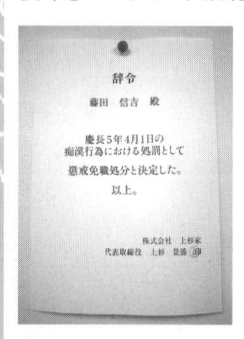

コメント欄 (7)

投稿者：藤田信吉　慶長5年　4月5日　巳の刻
ひ、ひどい！　私は上杉家のためを思って意見しただけなのに……。
個人的な友情なんかで会社を危機にさらすなんて許せません！！

投稿者：真田昌幸　慶長5年　4月5日　巳三つ
以前、勝手に上杉家グループから脱会してしまったが、今回は一緒に
石田さんの味方をする事になったようじゃから味方だなw
長野方面は任せておけい！「ザコとは違うのだよ！ザコとは！」

投稿者：真田信繁　慶長5年　4月5日　午の刻
トォー！父「昌幸」と一緒に長野方面でバトルするぜ！！
行くぞ！真田戦隊

投稿者：宇喜田秀家　慶長5年　4月5日　午三つ
アロハ〜！五人御奉行のMeも石田さん側につくよ〜ん。
これは勝てそう！ウキウキw

投稿者：毛利輝元　慶長5年　4月5日　未の刻
同じく、石田さんに味方する五人御奉行の毛利じゃけん。
合戦を前にモ〜リモリと力がわいてくるの〜。

投稿者：直江兼続　慶長5年　4月5日　未二つ
こんなに味方がいるなんて頼もしい！(*ˆヮˆ*)

投稿者：軒XILE・HIRO　慶長5年　4月5日　申の刻
［壁］_・。) チラッ
前田利家様の後を継いで五人御奉行となった「前田利長」。
家康に脅され、徳川側についたようです。

≪ 前のページ　｜最初｜ 3 ｜ 4 ｜ 5 ｜ 6 ｜最新｜　次のページ ≫

藤田信吉の
『朝まで生コラム』

　私が長年考えてきたのは、上杉家を守る方法、その一点です。確かに豊臣家の日本運営は、一部を除き素晴らしいものでした。しかし、それは秀吉という大天才あっての事。その天才亡き後を継げるのは、それに匹敵する天才でなければなりません！

　その器量に足るのは石田三成か、はたまた徳川家康か。答えは秀吉ですら実力を認めた家康様に決まっております。兼続さんの勝手な行動のために上杉家の立場が危うくなったとき、わざわざ大阪まで釈明に行ったのはこの私ですよ!?　なのにこんな汚い手で私を追い出すとは……。兼続さんとはその程度の人物でしたか！

「藤田信吉」の武ログより一部抜粋

慶長5年　5月25日

挑戦状

いつも愛読いただき感謝！
石田さんと相談して必勝の作戦を考えました。

成功に導く為、まずは徳川家康が上杉家に
合戦をしかけたくなるよう仕向ける必要がある！

豊臣家では、子会社が合戦用の物資を購入したり、支店を建設したりする際、
取締役会議の許可をもらわねばならない規則があります。
許可と言っても現在は徳川家康の独断で可否が決められる状態。

〜というわけで、敢えてその規則を破ってみた！

在庫管理ノート

米	馬	弓	矢	火縄銃
5279俵 （＋1500俵）	724頭 （＋150頭）	3875張 （＋1000張）	185825本 （＋80000本）	300丁 （＋100丁）

備考…本社「鶴ヶ城」の周辺に支店を新築して防御力UPしました。

"上杉家が合戦に備えている！"という情報は、先日解雇した藤田信吉さんや、
近隣の徳川派企業によって徳川家康に伝えられたそうです。

そして……
ついに徳川家康から景勝様へ問い合わせのメールが届いたとの事。

家康メール　「上杉家は何で私の許可とらないの！？
##　　　　　　　ケンカ売ってんの？始末書出しなさい！！」

かかりました！v(￣∇￣)ﾆﾔｯ
仕上げです。返事という名の挑戦状を叩き付けてみましょう！

景勝様に相談すると……

景勝メール 「タヌキって、昔、武田信玄と戦って負けた時に、
　　　　　　ビビってクソ漏らしたんだろ？ｗ
　　　　　　クソ押しでいいんじゃね？ｗｗ」

そ、そうですか……。藤田さんの解雇問題のときもそうでしたが、
私、この手の嫌がらせはあまり得意じゃないんです。
でもなんとか書いてみました！

直江状

始末書を出せと言いますが、先に規則を破ったのは家康様ではありませんか？　勝手に子会社オーナー同士で婚姻関係を結んではいけないはずです。ほんと、クソ野郎ですね！？

上杉家が勝手に合戦用の物資を購入したと言われますが、我々は田舎者なのでいざという時、豊臣家のお役に立てるよう備えているだけです。のほほんと**クソを漏らしている**お茶会を開いている家康様がうらやましい。

そう言えば、昔、三方ヶ原の戦いでいざという時にクソを漏らしたそうですね？　会う度にウンコ臭くてたまりませんでした。

我々は、わざわざ**クソを漏らすほど**始末書を出しに行くほど暇ではありません。どうしても上杉家にペナルティを負わせるというならお相手します！　三方ヶ原の時のように脱糞する準備でもしておいて下さいね。

　　　　　　　　　　　　　　　　　　　　　　　　　家康さん江

ふぅ〜。こんな感じですかね？

コメント欄 (5)

投稿者：<u>上杉景勝</u>　慶長5年　5月25日　卯の刻
イーーーーネッw　ｳﾋｬﾋｬﾋｬ

投稿者：<u>直江兼続</u>　慶長5年　5月25日　辰の刻
ケンさんですか……。

投稿者：<u>石田三成</u>　慶長5年　5月25日　辰の刻
とりあえずキッチリ予定通りですね！
ちなみに、私では若輩者すぎるので広島の「毛利輝元」様に総監督を
引き受けていただき、ど〜んと後ろに構えてもらう事になりました。
更に、豊臣家社長「拾丸」様には名誉監督に就任していただきます。

投稿者：<u>軒XILE・KENCHI</u>　慶長5年　6月16日　申の刻
[壁]＿・｡) チラッ
♪徳川家康が我らを攻撃するべく社員を引き連れ、大阪を出発しました！

投稿者：<u>軒XILE・HIRO</u>　慶長5年　6月16日　申の刻
[壁]＿・｡) チラッ
♪山形の「最上義光」が福島に攻め込む気配を見せています！
おそらく徳川の意思が働いていると思われます。

TOP

慶長5年　7月17日

肩すかし

いつも愛読いただき感謝！
今、豊臣家の子会社が真っ二つに分かれて合戦を始めようとしています。

どの企業が誰の味方なのかややこしくなってきたので、
私達はそれぞれの派閥を2つのコードで区別する事にしました。
徳川家康の味方「東軍」を「東」
石田三成さんの味方「西軍」を「西」と表記します。

さて、徳川家は予定通り福島に向かっています。

このまま行けば勝てる！

徳川家が福島に攻め込んできたところで、
茨城の「佐竹義宣㋐」さんが出動！　後ろから襲いかかって挟み撃ちにする計画があるわけです。そこでとどめをさせればラッキー！
もし止めをさせなくても、石田さんが宣戦布告して更に挟み撃ち！

山形の「最上義光㋑」の動きは気になりますが、家康さえ叩いてしまえば逃げ帰るはず！

しかし……徳川家の動きを監視している軒XILEから
気になるメールが届きました。

「徳川家康の移動速度がかなり遅いです。 東京の
　江戸城に到着してから動き出す気配がありません！」

(・∩・)　?ｱﾚ??≡3

そうこうしてると、石田さんからメールが届きました。

「家康の動きが遅すぎます……。キッチリ立てた
　計画が狂って わけわかんないです　(。-`ω-)ﾝｰ
　とりあえず家康に宣戦布告しました！」

は、はやい……。早すぎる。まるで疾風だ……。
メールのやり取りだけだと、細かいニュアンスが伝わってない事ってよくある。
昨年、石田さんのお宅に伺ったとき、もっと踏み込んで話し合うべきだった。

コメント欄 (8)

投稿者：軒XILE・NESMITH　慶長5年　7月17日　午二つ
[壁]_・。) チラッ

♪長野の真田家が分社化した模様、長男「信之」の会に徳川家康の味方をさせ、どちらが勝っても真田家を存続させる計画のようです。

投稿者：軒XILE・SHOKITI　慶長5年　7月17日　午二つ
[壁]_・。) チラッ
♪家康がUターンをかけ、石田さんのいる京都へ向かい始めました！

投稿者：服部半蔵　慶長5年　7月17日　午三つ
ニンニン！
上杉家の情報ネットは全てハッキングさせてもらった。甘いなw

投稿者：直江兼続　慶長5年　7月17日　未の刻
な、なんですか！？　ハッカー？

投稿者：軒XILE・HIRO　慶長5年　8月14日　申の刻
[壁]_・。) チラッ
♪そやつは徳川家が雇っている産業スパイ「伊賀忍軍」のリーダー。
実家が忍者の家系だったのでリーダーになりましたが、本職は侍です。

投稿者：軒XILE・ATSUSHI　慶長5年　8月14日　申の刻
♪長野で真田家が家康の三男「徳川秀忠」を撃退！3500人で38000人に勝ちました！！

投稿者：軒XILE・TAKAHIRO　慶長5年　8月14日　申の刻
♪石田三成様が、家康の京都支店となっている「伏見城」を落としました。

投稿者：上杉景勝　慶長5年　8月14日　酉の刻
これだけ軒XILEが連結すると、まさにトレイン状態w　ウヒャヒャヒャ

≪前のページ　│最初│3│4│5│6│最新│次のページ≫

慶長5年　9月17日
慶長出羽合戦

いつも愛読いただき感謝！
ちょっと予定が狂ってしまいました……。

仕方なく上杉家は方針転換。山形の「最上義光㊥」をさっさと片付け、
後ろの心配をなくしたところで家康を追いかけて石田さんと挟み撃ちにする作戦に切り替えました。

そんな重要事項を決定した会議後、景勝様からメール着信。

景勝メール　「兼続、お前が岡ちゃんだw」

理解するのに数秒かかりました（笑）　でも、了解です！

「最上義光㊥」攻め総監督引き受けさせて頂きます！
ヽ(o>ω・o)-☆　だよっ

約20000人の社員を引き連れ、いざ出張！
イズミンや弟の実頼、そして部下になってくれた前田慶次さんも同行です。
やはり、バキュームカーを持って行くんですね……。

早速、私達は最上家の最前線にある支店「畑谷城」を落としました！
v(｡･ω･｡)ｲｴｲ♪

500人相手に、こちらは1000人も殉職。
ちょっと予想外のダメージですが、攻撃の手は休められない！

次のターゲット「長谷堂城」に向かって出発！

さて、「長谷堂城」付近に到着。キャンプを張って、別ルートから侵入している
4000人の社員を待つ事に。今頃「上山城」を落としてこっちに向かってるだろ

う。合流したら一気に攻撃だ！(≧ε「+」ロックオン!!

すると別ルートのコーチ「篠井康信」さんからメール着信。
「上山城で負けました(•ᴗ•) ☠ちーん☠。
足止めをくらって合流出来そうにありません…」

il||li_○/ ￣ |_il||li ﾅﾝﾃｺｯﾀ

コメント欄 (8)

投稿者：上杉景勝　慶長5年　9月17日　巳の刻
こっち家康の次男「結城秀康」が張り付いてて動けねー。
兼続、そっちはそっちでガンガレｗ　ｳﾋｬﾋｬﾋｬ

投稿者：直江兼続　慶長5年　9月17日　巳の刻
了解です！　こちらの人数の方が圧倒的に多いので
安心して任せて下さい！ｗ

投稿者：石田三成　慶長5年　9月17日　巳二つ
あぁ……、取り乱しておかしな事をしてしまったようです……。

投稿者：伊達政宗　慶長5年　9月17日　巳三つ
オッス！オラは東軍についただ。兼続、首洗ってまってでけれ～！

投稿者：片倉小十郎　慶長5年　9月17日　巳三つ
んだ！んだ！政宗様と最上義光の助っ人にいくだ！！！

投稿者：軒XILE・ATSUSHI　慶長5年　9月17日　申の刻
[壁]_・｡)チラッ
♪九州で大分の「黒田官兵衛㋳」が同じく大分の「大友義統㋾」に
攻撃を開始しました！

投稿者：軒XILE・MAKIDAI　慶長5年　9月17日　申の刻
♪長野で真田家に敗北した「徳川秀忠」、攻撃をあきらめ家康に合流する

べく西へ向かい始めました。ただ、スケジュールが大幅に遅れている模様。

投稿者：軒XILE・HIRO　慶長5年　9月17日　申の刻
♪岐阜の関ヶ原にて‥カキーン！☆＼_(ﾟ▽ﾟ*)彡
　敵の忍者の妨害が入りました！後程、連絡します。

TOP

慶長5年　9月29日

慶長出羽合戦②

いつも愛読いただき感謝！
我々が所属する西軍と家康の東軍が日本全国を舞台に戦い始めた模様。
一刻もはやく東北方面で私達が勝利して西軍にはずみをつけねば！

私は「最上家」の支店「長谷堂城」に総攻撃をかける事にしました！
こちらは約20000人、敵は約1000人。
城攻めのマニュアルに従えば、攻める方は守る方の3倍必要。
私達は20倍ですＯ(≧∇≦)Ｏ　イエイ！！　　これはいけるでしょう（笑）

突撃！

向こうの支店長「志村光安」、なかなかやります。
ディフェンダーの使い方が実に巧みで得点圏に入り込めない……。

みんなグッタリ┌┤´д`├┐ダル～
とりあえず、今夜はゆっくり休みましょうか……。

夜中、妙に騒々しいので目が覚めました。

「敵襲！」

な、なんと……。攻めているはずの我々が逆に攻められました。
キャンプでぐっすり寝込んでいるところを襲われたのです。

あっ！　私のキャンプにも敵が迫っています。

派手な着物を着て顔を真っ白に塗った者が「アイ〜ン！」と連呼しながら近づいてきました。

し、志村？

私が刀を抜きかけた時、志村に迫るイズミン。
これはチャンス！　支店長さえ討ち取ってしまえば敵は混乱する！

〜と思いきや……

「志村！　後ろ後ろ！」

敵の社員が声をかけた為、イズミンの存在に気付いた志村に攻撃を受け止められてしまいました……。

気がつくと、寝込みを襲われ部下達は大混乱。
味方を敵と見間違えて斬りかかっている有様です……。
同士討ちか。ﾌﾞﾙﾌﾞﾙ；　；(≧ω≦；)

夜が明けてみると損害の大きさがわかってきました。
たった200人の敵にひっかきまわされたのです……。

そして……軒XILEから報告メール。

「山形に伊達政宗の社員、留守政景が
　3000人を引き連れて現れました！」

伊達も到着してしまったか……。

しかし、それでもこちらの人数の方がまだまだ多い！
なんとかなるはずだーーーーー！！
みんな、突っ込め！怒 (ノ｀ー´)ノ

結果、ダメでした……。

私、つくづく合戦下手を反省です。il||li__| ̄ |○il||li

コメント欄（3）

投稿者：上杉景勝　慶長5年　9月29日　辰の刻
へっ！？約20倍で負けちゃった？
お前、コストパフォーマンス悪いねー。始末書出せよw　ウヒャヒャヒャ

投稿者：直江兼続　慶長5年　9月29日　辰三つ
ほ、ほんと申し訳ございません……。
言い訳じゃありませんが、上杉家は機動力を重視するあまり軽装備になりすぎていたようです。特に火縄銃、敵の火力との勝負でお話になりませんでした。これも在庫管理している私の責任ですね……。

投稿者：軒XILE・HIRO　慶長5年　9月29日　申の刻
［壁］_・。) チラッ
敵の忍者にケータイを壊されて連絡できませんでした…。
9月15日、岐阜の関ヶ原で石田三成様の西軍と徳川家康の東軍が激突。
……西軍が敗れました！！

毛利輝元の
『決戦！ 関ヶ原 前編』
西軍は有利だった！

夢がモ〜リモリの輝元じゃけん！
この戦い、ウチらの方の勝ちじゃの〜。徳川秀忠が管理している徳川の本隊が、合戦に間に合わないくらい遅れてるらしいしの〜。しかも、関ヶ原に展開した両軍の配置がポイント。東軍は密集体形の「魚鱗の陣」。我ら西軍は敵を大きく包み込む「鶴翼の陣」。こっちの方が同時に攻撃出来る人数が多いから有利じゃけん。勝ったなw

「毛利輝元」の武ログより一部抜粋

慶長5年　9月30日

慶長出羽合戦③

いつも愛読いただき感謝……。
石田さんが負け、私も思いっきり負けてしまいました
「関ヶ原の戦い」の動向をチェックするべく家康の武ログを覗きました。
幸いアクセスブロックはかけられてないようです。
余裕ってヤツか……？

はっきりと書いているわけではありませんが、どうやら我々の計画が全て徳川家康に読まれていたような？
全ての情報を分析した上で、裏をかいて石田さんを誘い出した様な気がします。

もう、どうしていいかわかりません……。(＿　＿|||)

今回の責任を取り切腹します！　景勝様、そして家族の事を思い浮かべながら短刀を構えました。

「いざ、さらば！」

……その時、短刀をつかんだ右手に強い力が加わりました。
後ろから誰かが押さえているようです。振り返ると〜

「慶次さん……」

いや、止めないでください。私なんか生きていても仕方ないのです。
すると、慶次さんは「まあ、これ食ってからでもいいだろ」とカレーを差し出してくれました。

慶次さんともお別れですし最後に一口いただくとしよう……。
「美味しい！」いつも変わらぬ味。

すると慶次さんが一言。

「カレーってのはいくつものスパイスを混ぜ合わせて作るんだ。
 たった1種類欠けただけでも味が変わっちまう。
 兼続さんのデスクワーク能力が欠けてしまったら、
 上杉家もガラリと変わって大変になるだろうな～」

はっ！((=ﾟДﾟ=))ﾉ
そうですね、上杉家はこれから大変な時を迎えようとしています。
私のような人間でもまだ役に立つことがある。
上杉家の皆さんを見捨てるわけにはいかない！

慶次さん、ありがとう！

コメント欄（2）

投稿者：前田慶次　慶長5年　9月30日
チョリーっす！なーに、俺もカレー食わせる相手いなくなると困るだけｗ

投稿者：直江兼続　慶長5年　9月30日
け、慶次さん……。ほんと、いい人だ～。

毛利輝元の
『決戦！ 関ヶ原 後編』
敗因は秀吉様！？

　配置は有利だったが、どうやら合戦の途中で東軍に寝返る約束していた者が大勢いたらしい。これでは鶴翼の陣の意味がない……。特に、秀吉様の甥っ子で毛利一門の小早川家に養子入りした「小早川秀秋」が裏切ったのが痛かった……。秀吉様に実子が出来てから冷たく扱われたというから豊臣秀頼様に嫉妬して裏切ったのか？　もしそうなら、秀吉様の自業自得か……。

「毛利輝元」の武ログより一部抜粋

慶長5年　10月1日
慶長出羽合戦④

いつも愛読いただき感謝！
私達は福島へ帰る事になりましたが、
心配なのは、敵が後ろから攻撃してくる追い討ち。

以前、秀吉様の武ログで「金ヶ崎の退き口」という退却戦のコツを読みました。
今回はそれを参考にやってみようか。

その1
本隊が敵を押さえている間に、火縄銃を持った社員を先に逃す。

その2
タイミング良く本隊も逃げだし、追っ手が迫ってきたところで先行して待ち伏せしている火縄銃チームが一斉射撃！

その3
そこへ本隊が斬り込む！

……そして、また繰り返し。

ちなみに、慶次さんがバキュームカーからカレーを噴射しまくったのも効いた。
やっぱりウ○コにしか見えない！（笑）

そして、極めつけはこの助っ人！
私の友人でお手伝いにかけつけてくれたK-1ファイターの佐藤嘉洋選手。

写真提供:潤・EG Inc

得意のローキックで最上家の社員をバタバタとなぎ倒す!
あまりの見事な攻撃に、前田慶次さんも手を休めて観戦しているほどでした!
佐藤さんに感謝!!

私達は、何とか福島に辿り着くことが出来ました!

コメント欄 (5)

投稿者:石田三成　慶長5年　10月1日　丑三つ
兼続さん、申し訳ありません……。これが最後のコメントになると思います。
「筑摩江や　芦間に灯す　かがり火と
　　　　　ともに消えゆく　我が身なりけり」

投稿者:直江兼続　慶長5年　10月1日　寅の刻
石田さん!　無事ですか!?　また、反撃のチャンスを伺いましょう!

投稿者:軒XILE・HIRO　慶長5年　10月2日　申の刻
［壁］_・)チラッ
石田三成様、京都の六条河原で処刑されました!　享年41。

投稿者:直江兼続　慶長5年　10月2日　酉の刻
い、石田さん……。(ノД`)・゜・。
あなたという友を失ったこの年は生涯忘れません!
　１６　　０　　　０
「いろんなお友達にお疲れ様　関ヶ原の戦い (1600)」

投稿者：軒XILE・TAKAHIRO　慶長5年　12月20日　申の刻
[壁]_・。)チラッ 徳川家康様が「参勤交代」という政策を発表し試験的に導入が始まるようです。各企業の社長は1年間東京で過ごし、その後1年間地元で生活。そしてまた東京、というライフスタイルが要求されるとの事。

TOP

慶長6年　7月4日

何度めかの嬉しい贈り物

いつも愛読いただき感謝！
豊臣家の2大派閥がぶつかり合った関ヶ原の戦い、慶長出羽合戦から約9ヶ月。
敗戦チームとなってしまった上杉家は倒産の危機……。

豊臣家の経営は完全に徳川家康様が握る事となり、
敵対した子会社への処分が始まろうとしている。

思いっきり抵抗した上杉家は、全資産没収の上、
景勝様の切腹という最大級の処分があたえられるかもしれない。

さて、どうしたものか？
そう思っているところ、父から届け物が。

「思わず許す！上手な謝り方　著・高井伸夫　講談社」

父上！　本当に助かりました。ヽ(*´□`*)ッ
この本を道中読みながら、景勝様と一緒に家康様がいる京都へ。

弁護士直伝の謝り方が功を奏したのか、最悪のケースは免れました。
普通だったら、即倒産させられていたはず……。
それでも、罪は重く福島120万石から山形30万石へ本社移転。

豊臣家の子会社とは言え、大企業だった上杉家はこうして中小企業になってしまいましたil||li _| ￣ |○ il||l

追伸
徳川家康様のアクセスブロックは解除しました。

コメント欄（5）

投稿者：前田慶次　慶長6年　7月4日　巳の刻
チョリ〜っす！まあ、一仕事終わった事だしオレは引退するよ。上杉家を
辞めるワケじゃないけどな。またカレー屋でも開いてのんびり暮らすぜw

投稿者：直江兼続　慶長6年　7月4日　巳二つ
そうですか〜。ちょくちょく食べにいきますよ。

投稿者：大国実頼　慶長6年　7月4日　巳三つ
兄上！ボクは京都に住む事になりました。
京都〜新潟間の連絡係です！

投稿者：真田昌幸　慶長6年　7月4日　午の刻
ウチは自主廃業じゃが分社化しておいて正解だったわい。
幸い長男「信之」の会社が残ることになった。ワシは和歌山にある更正施
設「九度山」へ送られることになったが、いつか会社を再興してやる！
「ザコとは違うのだよ！ザコとは！」

投稿者：真田信繁　慶長6年　7月4日　午二つ
トォー！オレも父上と一緒に更正施設入りw
メールも電話も禁止されちまったぜww

TOP

慶長7年　9月12日

嬉しいようで悲しい……贈り物

いつも愛読いただきありがとう！
福島120万石から山形30万石へ本社移転の準備を進めねばなりません。

私の部下に「平林正興」という者がいるのですが、かなり優秀なデスクワーク

ぶりを発揮してくれています。
弟子として教え甲斐があって頼もしい!

社員総出で引っ越しの準備をしていると景勝様からメール着信。

景勝メール 「今回は、ホントに夜逃げみたいだなw」

喜んでる場合じゃありませんが……、確かにそうですな。
また、夜逃げ屋本舗さんに引っ越しをお願いしました (笑)

上杉家は、山形に私が支店長を兼任する「米沢城」という支店を持っているのですが、今回の移転に伴い私が長を務める支店を本社とする事になりました。
ずいぶん手狭になったが、社員同士の親密度はUPしそうw(*´ー`)

そんな折、実家の者からメールが入りました。
今すぐ、来て欲しいそうです。

急いで駆けつけると静かに眠る父上の姿がありました。
もう、起き上がる事はありません……。

父上は、最後の力を振り絞って
私宛の小包を梱包しようとしていたようです。

「日本で一番大切にしたい会社　著・坂本光司　あさ出版」

入社希望者が後を絶たない人気中小企業の経営スタイルについて書かれている本です。今の上杉家を支える私には何よりの贈り物。

父上、本当に今までありがとう!　さようなら!!

コメント欄 (3)

投稿者：平林正興　慶長7年　9月12日　酉三つ
ヒラリッ!部下の平林です。

> 社屋を片付けていると小銭を見つけました！
> 金庫に入れようと思ったらいっぱいだったので新しい金庫買いました！！

投稿者：直江兼続　慶長7年　9月12日　西三つ
そう。拾ったお金より金庫の方が高くついたね……。

投稿者：上杉景勝　慶長7年　9月12日　亥の刻
平林はホントに優秀か？ｗ
頑張りすぎのマジメバカじゃね？ｗｗ　ウヒャヒャヒャ

平林正興の
『そんな師匠に憧れて！』
米沢を活気づけた直江兼続

　ヒラリッ！　いや〜、やっぱり兼続様に弟子入りしてよかった！　素晴らしい師匠です。もともと米沢というのは、あまりパッとしない土地だったんですね〜。ちなみに、上杉家が来る前は伊達家とか最上家がいたんですが、あいつら何も手入れしてなかったのかね？ｗ

　名前の割にはあまり米も採れなかった米沢。そんな微妙な土地の開発に力を入れたのが兼続様。新しい田をどんどん造った結果、米の収穫量が約2倍弱に膨れあがったんですよ！これで、やっと地名に相応しくなりましたね。

　実は、米沢に移転したばかりの頃、上杉家はとても貧乏でした。というのもリストラ人事がなかったから。収益は大幅に減ったのに、兼続様の考えで1人も解雇しなかったんです。慶長出羽合戦で負けの原因を作ってしまったという自責の念があったのかもしれませんね……。責任は一般社員にないわけですから、リストラでツケを部下に払わせるわけにはいかなかったのでしょう。当然、収益に見合わない社員数ですから一気に財政難になったのですが、それでも何とかやりくりして乗り切った！　さすが、昔から経理の勉強をしてきた兼続様です。私も、師匠を見習ってビジネス書を読みあさりたいと思います。

「平林正興」の武ログより一部抜粋

慶長8年　3月24日

新時代

いつも愛読いただき感謝！
約10ヶ月ぶりの更新……。
実は社会構造が大きく変わって対応に追われておりました。

先日、徳川家康様は朝廷より征夷大将軍に任命され、東京に幕府を設置。
家康様が正式に日本のトップ企業の社長として認められたとか。

そして、豊臣家の子会社だった全国の企業は、新たに徳川家の子会社として組み込まれました。

幕藩体制というのですが、それにともない各企業には統一ブランドとして「藩」という名称があたえられました。

ちなみに、上杉家は「米沢藩」と呼ばれることに。

さて、気になるのは豊臣家。
一応、名目上は徳川家の上に立つ存在なのですが、実質的な事を言うと、もはや単なる一企業でしかない。

一度は日本のトップとして全国企業を傘下に置いた豊臣家。
そのプライドが今回の件をどう捉えるのだろうか？

コメント欄 (5)

投稿者：徳川家康　慶長8年　3月27日　未の刻
チクソー！超嬉しい！！念願の征夷大将軍ヾ(*ΦωΦ)ノ ヒャッホウ

投稿者：茶々　慶長8年　3月27日　未二つ
おほほほほ〜！家康殿は秀吉様と私の息子「拾丸」が成人した時に征夷大将軍を譲って下さるつもりで手に入れたのですね？さすが手回しが良いザマす。

投稿者：伊達政宗　慶長8年　3月28日　午の刻
オッス！オラだぢは「仙台藩」62万石。おめだぢ30万石だべ？
ざまぁみろ〜だっす。

投稿者：片倉小十郎　慶長8年　3月28日　午の刻
んだ！んだ！おもてむぎは62万石だども、実質100万石だー。
山形よりこっぢの方がよがったよ〜w

投稿者：直江兼続　慶長8年　3月28日　午二つ
なんか、結局お隣同士ですね……。ヨロシク（笑）

TOP

慶長8年　6月20日

国造りの基本

いつも愛読いただき感謝！
山形への移転が完了し半年ほど経過しました。
落ち着いてきたところで、父上が最期に残してくれた本も参考に上杉家の経営再建に乗り出し忙しい日々。

収入が4分の1になってしまったので
これまでと同じというわけにはいかない！

まずは、やっぱり「農業」から！

ある大雨の日、本社「米沢城」付近を流れる最上川が氾濫しているのが目に入った。泥水が田んぼに流れ込んでいます。
これじゃあ、稲がダメになってしまいますな。　ﾊｧｰ(-д-；)ｰｧ...

そこで、沢山の石を積み上げて堤防を造ってみた。
結果、氾濫が起きても田んぼに泥水が流れ込む事がなくなり大成功！！

それから本格的に田んぼ造り。山形は30万石だが、実質51万石相当の米が収穫出来るようになった。その堤防は、農家の方が「直江石堤」と名付け大事にしてくれてるとか！　嬉しいの〜。

コメント欄 (4)

投稿者：上杉景勝　慶長8年　6月20日　未の刻
ついに、お前自身が高木美保化してきたなｗ　ｳﾋｬﾋｬﾋｬ

投稿者：直江兼続　慶長8年　6月20日　未三つ
よく言われます（笑）

投稿者：軒XILE・ATSUSHI　慶長8年　6月20日　申の刻
[壁]＿・。) チラッ
♪豊臣家社長「拾丸」くんが成人し「豊臣秀頼」と名を改めました。

投稿者：軒XILE・HIRO　慶長8年　6月20日　申の刻
[壁]＿・。) チラッ
♪「秀頼」様に徳川家康様の孫娘「千姫」が嫁いだようです。一応、徳川家と豊臣家の業務提携でしょうが、まだまだ先が読めません…。

TOP

慶長8年　6月27日

システム転換

いつも愛読いただき感謝！
経営再建にはまだまだやらなければならない事が沢山ある。

今回は、合戦のシステムの見直し！

まだ謙信様がご存命だった頃、上杉家が城攻めを苦手としている事に気付いた。謙信様が亡くなってから私が合戦のコーチや監督をする様になり、その原因が補給システムにあると感じていた。

若い頃、武ログに書きましたが移動速度を重視するあまり基本的に食糧は現地調達というやり方です。

しかし、これまで城攻め以外では不便を感じることなく機能していたので改革に手を付けることなく、ここまで来てしまったのですが……慶長出羽合戦での

敗北を経験してこのままではダメだ！　と実感。

移動速度を重視するあまり、軽くて威力の弱い武器を使っていたのですが、近年、他の企業は重装備化を推し進めていたので勝負になりません。いくら素早く移動しても戦いの役に立たない装備はいらない！

福島120万石から山形30万石に減収となったのが、もっけの幸いだった！

中小企業となり子会社を持てなくなったので食糧現地調達は出来なくなり、今後は自前で用意して行くしかない。

そこで輸送専門のチームを結成！
上杉家の持ち味である機動力は失われましたが、どうせ足が遅くなるなら……と、思い切って軽くて威力の弱い火縄銃をやめ、重いけど強力な火縄銃に機種転換する決意が出来たわけです。

結果的に、織田信長や秀吉様が採用していた最新式のシステムを実現！
これでどこの企業にも負けない合戦システムになったはず！σ(゜-^*)

コメント欄（2）

投稿者：平林正興　慶長8年　3月27日　未の刻
ヒラリッ！いらなくなった古い火縄銃を燃やしておきました！
ちょっと火薬が残っていたみたいで焼却炉ごと吹き飛びましたが、
私は大丈夫です！

投稿者：直江兼続　慶長8年　3月27日　未二つ
そういうのは、リサイクルショップへ持って行きなさい……。

慶長9年　7月1日

意外な展開

いつも愛読いただき感謝！
私には「お松」、「お梅」という2人の娘がいるのだが、
この度、徳川家ゆかりの方から「お松」にお婿さんをもらう事になった。
ヾ(´▽`*;)ﾉ"

婿殿は、徳川家の副社長「本多正信」様の次男「本多政重」殿。
本多家は正信様や長男「正純」殿もデスクワーク組として業績をあげている家系。その中にあって合戦で活躍している変わり種が「政重」殿。
様々な企業を渡り歩いて武者修行している、なかなか頼もしい若者。

しかし、この件に関して弟の実頼からメール着信。

実頼メール　「兄上！政重殿がいろんな企業を渡り歩いてるのは
　　　　　　スパイ活動してるからって噂あるよ。この結婚は
　　　　　　よくないと思うな…」

まあ、実頼の言うこともわかるが、今の上杉家にとって徳川家との関係を深める事は大事です。丁重に政重殿を迎えるため京都に迎えの使者を行かせたのですが……。

軒XILEからメール着信。

軒XILE・HIROメール　「実頼様が、迎えの使者を斬ってしまいました！
　　　　　　　　　　その後、行方知れず！！」

ｵｫｫ---!! w(ﾟﾛﾟ;w(ﾟﾛﾟ)w;ﾟﾛﾟ)w ｵｫｫ---!!
実頼が、そんな思い切った事するとは……。
弟なりに上杉家の経営を考えての行動とは思うが、許せん！
見つかり次第切腹処分とする事にし、捜索命令を出した。

その後、無事に結婚式の日を迎えたのだが、
衝撃を受けた出来事であった……。

コメント欄 (2)

投稿者：上杉景勝　慶長9年　6月12日　午の刻
政略結婚、乙ｗ
そう言えば、オレも子供出来たぜｗｗ　ウヒャヒャヒャ

投稿者：直江兼続　慶長9年　6月12日　午二つ
そ、そんなにはっきり言わなくても……。
あっ、おめでとうございます！

TOP

慶長10年　5月4日

涙

いつも愛読いただき感謝……。
次女の「お梅」が急逝しました…。

そして、去年結婚したばかりの長女「お松」も……。
今日はそれだけです。

コメント欄 (3)

投稿者：徳川家康　慶長10年　5月4日　酉の刻
相次いで子供を亡くすとは、ちクソー！ですな。
同じく、子供を失った経験あるからよくわかる。信康……。
ちなみに、征夷大将軍の座を三男「秀忠」に譲ったのでよろしく！
まあ、会長としてまだまだ現役。大御所って呼んでねｗ

投稿者：徳川秀忠　慶長10年　5月7日　西の刻
あー！父上のすぐ後に書き込もうと思ったけど、思いっきり3日も遅刻だ…。

そんなわけでヨロw

投稿者：茶々　慶長10年　5月7日　西二つ
おほほほほ〜！って、何で秀忠殿に征夷大将軍譲ってるザマす？
ムキィィィィーーーーー(#｀Д´)凸

TOP

慶長13年　1月4日
新たな出発

いつも愛読いただき感謝……。
2人の娘を失ったショックで武ログを書く気力がありませんでした……。
前の更新から3年近くも休んでしまいましたね……。

さて、この度、心機一転しようと名前を改めました。
「直江重光」です。よろしくお願いします。

あぁ……、でもまだ気持ちが落ち着きません……。
しばらく武ログはお休みします。

コメント欄 (2)

投稿者：上杉景勝　慶長13年　1月4日　卯の刻
お前の武ログないと、適当な事書いて気分転換出来る場所なくなるから困るんだよなー。まあ、泉沢辺りの武ログ荒らしてくるかw　ｳﾋｬﾋｬﾋｬ

投稿者：泉沢久秀　慶長13年　1月4日　卯の刻
ウースッ！景勝様、残念！w
オレの武ログ誰も見てないからとっくに閉鎖しましたよw

≪ 前のページ　│最初│ 3 │ 4 │ 5 │ 6 │最新│ 次のページ ≫

慶長19年　2月27日

お久しぶり

お久しぶりでございます。
武ログを休んでから6年……、正直もう辞めようと思いましたが
いろいろな方に励まされて復帰することになりましたので
改めてよろしゅう。

ちなみに、54歳になりました。平和な時代が続いておりますので、武ログを
休んでいる間はゆっくりと仕事したり、趣味にふけったりしながらの日々。

2年前、前田慶次さんが亡くなったのだが、一緒に中国の歴史書「史記」にコメ
ントを書き込んで過ごした時間は忘れられないの〜。
ちょっとカレーをこぼしてシミを作ったのだが、シミを見る度に慶次さんの笑
顔を想い出す。

あと、印象に残っているのは「五色温泉」を造った事かな。
炭酸水素塩泉のいいお湯です。是非、皆様も浸かりに来てください。

そう言えば、米沢市民の皆さんが私のマスコットキャラクターを作ってくれた
そうです。

かねたん。米沢牛コロッケが好き。

「かねたん」です(笑)
ずいぶん、可愛く作ってくれましたね。
景勝様の「かげっちさま」、妻のお船「おせんちゃん」まで作ってくれたそうで

すよ。是非、どうぞご覧になって下さい。

かげっちさま。ウコギ茶が好き。

おせんちゃん。さくらんぼが大好き。

コメント欄（3）

投稿者：上杉景勝　慶長19年　2月27日　卯の刻
やっと復帰した？w　俺ら犬だったのかw　カワイイしw　いやーしかし、温泉の中で小便するのってどうしてあんなに気持ちいいんだろなw　ｳﾋｬﾋｬﾋｬ

投稿者：直江重光　慶長19年　2月27日　卯三つ
まさか五色温泉でやったんじゃないでしょうな！？

投稿者：泉沢久秀　慶長19年　2月27日　辰の刻
ウースッ！この前、みうらじゅん大先生が来て「かねたん」にメチャクチャ食いついてたらしいw

≪前のページ　｜最初｜ 3 ｜ 4 ｜ 5 ｜ 6 ｜最新｜　次のページ≫

慶長19年　4月5日
大事件

いつも愛読いただき感謝！
京都で事件が起きました。

慶長14年から豊臣秀頼様が京都の方広寺を修復工事しておりました。
方広寺は秀吉様が建立したもので、その追善供養として修理してはどうか？
と大御所の家康様が勧めたのだそうです。
実際は、豊臣家の莫大な資産を使わせる為と言われていますが……。

問題となったのは「鐘」に刻まれた文字。

『国家安康　君臣豊楽』

これを見た大御所の家康様が激怒したそうです。

「国」と「安」の字が「家康」を切り裂いているのは家康を滅ぼすつもりか？「君臣豊楽」とは豊臣家が再びトップに立つ願いを込めたものではないか？　と……。

完全に言いがかり。

しかしこうして、再び合戦が始まることに……。
上杉家も徳川家の一員「米沢藩」として強制出勤になりそうじゃの〜。
(〃￣■￣〃)

コメント欄（4）

投稿者：茶々　慶長19年　4月5日　辰の刻
おほほほ〜！直江殿、大阪へ来て手伝うザマす！

投稿者：直江重光　慶長19年　4月5日　辰二つ
すみませんが我々は徳川家の味方をする事に決まっておりますので……。

投稿者：真田信繁　慶長19年　4月5日　辰三つ
トォー！そっか〜。兼続さん、じゃなくて重光さんとは敵同士だね。
お互い全力を尽くして戦おうぜ〜！！父上「昌幸」は更正施設で
死んでしまったけど、真田家の強さ見せてやるから！！

投稿者：直江重光　慶長19年　4月5日　巳の刻
信繁くんが決めた事なら仕方ない……。正々堂々と勝負しよう！

≪前のページ　｜最初｜ 3 ｜ 4 ｜ 5 ｜ 6 ｜最新｜　次のページ≫

茶々の
『茶々を入れるでない！』
方広寺事件とは？

　おほほほほ〜！　方広寺の鐘に家康殿への呪いを込めたなんてとんだ言いがかりザマす。仮に、本当にそう思っていてもわざわざ書くわけないザマすよね？　なんで、自らつっこまれそうな文言を書かなければならないのよ。「国家安康」が家康殿を切り裂くだなんて……。それだったら国安さんって人からも苦情来てもおかしくないのだけど、来なかったわ。「君臣豊楽」だって、豊臣家の反映を願っているというけど、豊臣の文字がひっくり返ってるから豊臣家の転覆って解釈も出来るじゃない！　ホント、タヌキおやじには困ったものだわ！　そんな事で攻めてくるなんてどうしたものでしょう……。

　あぁ、この合戦勝てるかしら？　秀吉様が築いた豊臣家の栄光を守れるかしら……？　最初は単なる若い女好きのスケベじじいだと思ってたけど……。お市母様に似ているからって私を愛人にした憎たらしいじじいだったけど、秀頼が産まれてからは私の大事な人。秀吉様、あの世からお守り下さいませ！

「茶々」の武ログより一部抜粋

慶長19年　10月2日

決戦前夜

いつも愛読いただき感謝！
豊臣家との戦いが始まろうとしています。
在庫をチェック。やはり、慶長出羽合戦の損害が大きいか……。

在庫管理ノート

米	馬	弓	矢	火縄銃
4071俵 （-1208俵）	510頭 （-214頭）	2772張 （-1103張）	110606本 （-75219本）	300丁 （+300丁）

備考…会社規模が縮小したので買い足しは見送りました。以前、火縄銃だけは最新式の物に全て交換したのでストック増加。

慶長出羽合戦の後、新たな合戦システムを導入。
それから初めての戦い。今度こそ負けられないのー。

コメント欄（4）

投稿者：上杉景勝　慶長19年　10月2日　午二つ
まあ、そうやって張り切ってるときほどよく負けるよなｗ　ｳﾋｬﾋｬﾋｬ

投稿者：直江重光　慶長19年　10月2日　午三つ
それに関しては何も言えませぬ……。

投稿者：伊達政宗　慶長19年　10月2日　酉三つ
オッス！オラだぢも大阪いぐだ。上杉家のようないながモンには手柄ゆずらねど！

投稿者：片倉小十郎　慶長19年　10月2日　酉三つ
んだ！んだ！

慶長19年　12月5日

大坂冬の陣

いつも愛読いただき感謝！
ついに豊臣家との合戦が始まりました。
豊臣家は社長「豊臣秀頼」を総監督とし、フリーターの浪人を中心とし
約100000人が「大坂城」に立て籠もっています。

対する徳川家は「徳川秀忠」様を総監督、「大御所の家康」様を名誉監督とし、
約200000人で攻撃！

それぞれの企業に担当区域が割り当てられ、上杉家は「大坂城」の北東にある鴫野村付近を引き受けることになった。他、「丹羽長重」さん、「堀尾忠晴」さん、「榊原康勝」さん達との合同作戦。約6000人の社員での攻撃準備完了。

豊臣家の現場監督は「井上頼次」。
約2000人で柵を張り巡らせて待ち受けておる。

今か今かと突撃命令を待つ私達の前で景勝様が何やらケータイをいじってる様子。

すると景勝様のケータイから最大音量で着ボイス。
「やっちまいな！（ルーシー・リュー）」

「キル・ビル」ですか……、こ、こんなモノを仕込んでたのか……。

とにかく突撃開始！
勢いよく攻め込んだ私達は強力火縄銃のパワーで敵を押しまくり柵を占拠！
敵の現場監督「井上頼次」を討ち取った！(*^ｰ^)v ブイ♪

ホッと一息ついてると、景勝様は柵を引き抜いて頭上に掲げる。
そして、最大音量で着ボイス。

「とったど〜!(濱口優)」

その瞬間、大坂城の方角から土煙! ε=ε=ε=┌(ﾟﾛﾟ;)┘ﾀﾞﾀﾞﾀﾞｯ!!
後ろに控えていた豊臣家の社員12000人が陣地を取り戻そうと襲いかかってきたのだ!

こ、これはキツい……。

その時、私は新・火縄銃チームの「水原親憲」リーダーに指示。
陣地に乗り込んでいる味方を左右にどかせて、強力火縄銃の一斉射撃を浴びせかけた!

敵が混乱したところで、左右に散った味方が再び集結して攻撃!
景勝様、ついにやりましたな。勝利!

さて、他の企業の皆さんも順調に勝利しているようだが、
一カ所かなり苦戦している場所があるとか。

それは……
真田信繁が守る「真田丸」。大坂城の弱点をカバーするべく外側に造られたプレハブ。信繁くんの武ログを読んだところ、父上「昌幸」殿譲りの見事なゲリラ戦の様子が書かれていた。

敵の勝利を喜ぶわけにはいかないが、信繁くんは別。
たくましく育ってるなー。

って彼ももう48歳か(笑)

コメント欄 (4)

投稿者:徳川家康　慶長19年　12月5日　亥の刻
上杉家の活躍お見事!しかし、チクソー!なのは真田信繁。
徳川家は何回も真田家に負けておる。重光くん、あまり敵を褒めちゃダメですぞ!

投稿者：直江重光　慶長19年　12月5日　亥二つ
申し訳ござらぬ……。信繁くんが10代の頃から知ってるもので。

投稿者：徳川秀忠　慶長19年　12月5日　亥三つ
またしても真田家か！こんなことならわざと合戦に遅刻して、父上に任せておけばよかったかも…。

投稿者：茶々　慶長19年　12月5日　子の刻
おほほほ〜！まだまだこれから。秀吉様の残してくれた「大坂城」がありますわ〜。徳川家は親子揃ってウ○コ漏らす羽目になりますわよ！

TOP

慶長19年　12月20日

大坂冬の陣②

いつも愛読いただき感謝！
大阪での戦いは続いておるが、しだいに豊臣家に疲れが見えてきたようだ。

「大坂城」を守る支店のほとんどが徳川家グループの企業によって押さえられた。

現在、徳川家グループが「大坂城」を包囲している状態。
この城の周りには幅が広く深い堀が二重に張り巡らされていて簡単には攻め込めない……。さすがは秀吉様の建設した城というもの。

しかし、ついに徳川秀忠様が用意していた兵器の登場！
発注ミスで届け日がちょっと遅れたそうだが（笑）

イギリスとオランダから輸入したという最新式の大砲を並べ、
砲撃を開始！！　　(*・)「」「」――――――●ドカーン！

そして、もう1つ別の大砲を用意しているようす。何であろう？

見ると、大砲にはゴムチューブが付いていて、その先は……アレだ。
これは、惨い（笑）　でも景勝様はきっと大好き（笑）

秀忠　「茶々め、よくもウンコウンコとバカにしてくれたな！
　　　　クソ喰らえじゃ！！」

大砲からは次々とウンコが発射され大坂城の中へ！
豊臣家はたまらず白旗を揚げて出てきた。
茶々殿は、まさに、真っ茶色に染まっておった……。

こうして、大坂冬の陣と呼ばれる戦いは徳川家の勝利に終わった。

コメント欄（4）

投稿者：徳川家康　慶長19年　12月20日　酉の刻
昔、ワシがウンコ漏らしてしまったせいで、徳川家に一生ついてまわるみたいだな…。ちクソー！

投稿者：上杉景勝　慶長19年　12月20日　酉二つ
いや～、上杉家にもウンコ砲欲しいなｗ
重光、買っちゃダメ？ｗｗ　ｳﾋｬﾋｬﾋｬ

投稿者：茶々　慶長19年　12月20日　酉二つ
おほほほほ～！今回はこのくらいで許してやりますわ！
って事にしておきましょうか(´Д｀；)/ﾊｧ・・・

投稿者：直江重光　慶長19年　12月20日　亥の刻
茶々殿、もう家康様の気に障るような事をしない方が豊臣家の為かと……。
景勝様、やっぱり食いつきましたの。でも絶対ダメ！

TOP

慶長20年　5月7日

大坂夏の陣

いつも愛読いただき感謝！
大坂冬の陣から約半年、再び戦いが起こってしまった……。

戦いの後、豊臣家は武器を集めたりフリーターの浪人を集め出した。
普通に、失った分を補充しただけのつもりだったのかもしれないが、
そこを徳川家康様が見逃すはずがない。

「また、抵抗しようとしているな!?」
～と、つけ込み徳川家グループの社員を大坂城周辺に向かわせたのだ。

さて、今回上杉家はと言うと、出番なし……。
京都の警備を任されたので、決着が付くのをだまって待つしかない。
(・ε・`*)...

やきもきしながら待っていると、メール着信。
あっ!　信繁くんからだ。

信繁メール　「トォー!この戦い、オレ達の勝ちかも!?　家康を追いつめたぜ!!」

なに!?
圧倒的な大人数の社員で攻め込んだ徳川家グループ。
そんな事があるのだろうか?　気になって信繁くんの武ログをチェック。

た、確かに……。
家康様が逃げながらウ○コをポロポロ漏らしている写メ付きの日記が書かれ
ている。

翌日……。
徳川家グループの社員に一斉メールが。
差出人は、「大御所の家康」様。

家康メール 「豊臣秀頼は切腹、茶々殿も燃えさかる大坂城と
　　　　　　　運命を共にしたぞw　また、徳川家をさんざん苦しめた
　　　　　　　真田信繁を討ち取ったw」

(。´Д⊂)うぅ…。
そうか……、信繁くん逝ってしまったか。
実際、大坂夏の陣に参加した知人に話を聞くと、真田家の社員はあと一歩の
ところまで大御所の家康様を追いつめたのだとか。

信繁くん、君の戦隊は本当に強かったみたいだね……。
あの世で、ゆっくり父上の「昌幸」殿とお休みなされ。

さて……、私からご報告があります。

豊臣家が倒産し、
これから徳川家を中心とした社会が作られていく事でしょう。

私の様な争いの時代に生きた人間はもう必要ない時代がきっと来るはず。

私は静かに新しい時代を、ただただ見守って過ごしていきたい。

昔話ができる友も、ほとんどこの世を去ってしまったしのぉ……。
寂しくなったのも、これまた事実。

そこで、今日という日を境に武ログの停止をさせていただきます。
今まで読んでくださった皆さん。本当にありがとう！

それでは、千代に八千代に、日本の平和をお祈りしております。
「愛という名のもとに」

コメント欄 (3)

投稿者：上杉景勝　慶長20年　5月8日　丑の刻
そうか〜、チョロ安らかに眠れよ！　ウヒャヒャヒャ

投稿者：泉沢久秀　慶長20年　5月8日　寅の刻
ウースッ！確かに俺達の時代は終わったな。

投稿者：直江重光　慶長20年　5月8日　丑二つ
景勝様、あのドラマの事じゃありません（笑）
イズミン、今度、新潟の南魚沼へ旅に出ようか？

≪ 前のページ　│最初│ 3 │ 4 │ 5 │ 6 │最新│　次のページ ≫

―完―

直江兼続の
『遺言』
その後の兼続は？

いつも愛読いただき感謝！……って、武ログ書いてた頃のクセがまだ抜けてないの（笑）　さて、私もそろそろ体力に限界を感じております。こころで遺言をしたためておきますので、上杉家の方々、後はよろしくお願いいたします。

現在、直江家には跡取りがいませんが、私が死んだ後に養子をとって存続させるような事はしないで下さい。直江家でいただいている領地を上杉家が没収し、財政の助けにして欲しいのです。

やはり、上杉家がここまで苦しい思いをする事になった原因は全て私にあります。西軍か？　東軍か？で判断を迫られた際、東軍についていれば上杉家は安泰だったでしょう。

その時の判断の危うさを、藤田信吉殿の忠言も聞かずに強引に押し切り、西軍として戦った慶長出羽合戦で敗北した原因も全て私にあります。圧倒的な数の社員を預かりましたのに、惨めな敗戦を喫してしまいました。これも合戦に不得手だった私の責任なのです。この兼続の謝罪の気持ちを受け取っていただければ、何よりの供養になりますので、どうかこの申し出をお受け下さい。

思えば、あっという間の60年でした。4歳で上杉家に就職してから56年……。いろんな人に出会い、多くを学びました。謙信様には合戦のいろはをご教授いただきましたが、そこで得たものを合戦でなかなか活かす事が出来ずに心苦しい限りです。あっちへ行ったらお詫びしなければなりませんね……。

石田さん、信繁くん、慶次さん。あなた達との出会いは大きな刺激になりました。みんな、似たように大出世とは縁の遠い人生観の持ち主でしたね。何はともあれ、そちらへ行ったらまた仲良くしてください。最後に、景勝様。どうやら私の方が先に寿命が尽きてしまうようです。謙信様の遺志を継ぐものとして上杉家をよりよいものにして下さい。キャバクラは控えめに。それでは、兼続、近いうちにあちらへ参ります。

追伸
いろいろ改名しましたが、一番しっくりくる兼続の名を最後に使用させて頂きました。ありがとうございました。

元和5年　直江重光の遺言より

【人名事典】

【あ行】

明智光秀【あけち・みつひで】
織田家重臣。近畿地方の総合指揮権を持つ実力者。本能寺で織田信長を裏切った後、羽柴秀吉に敗北し死亡。

浅野長政【あさの・ながまさ】
豊臣政権の五奉行の筆頭。羽柴秀吉の妻・ねねの兄のため重用される。

蘆名盛氏【あしな・もりうじ】
陸奥（現福島県、宮城県、岩手県、青森県、秋田県の一部）蘆名家16代当主。御館の乱に乗じて、上杉を滅ぼそうと越後に出兵した。

蘆名盛隆【あしな・もりたか】
陸奥（現福島県、宮城県、岩手県、青森県、秋田県の一部）蘆名家18代当主。23歳で死亡。

石田三成【いしだ・みつなり】
豊臣政権の五奉行の一人。調整能力に優れ、情にも篤かったという。慶長の役の撤退時に手腕を発揮。関ヶ原の戦いでは実質的な指揮権を握ったが敗北。41歳で斬首される。

泉沢久秀【いずみさわ・ひさひで】
上杉家家臣。上杉景勝が当主となると、財政面を任される重臣に。後年は直江兼続の属将になった。

井上頼次【いのうえ・よりつぐ】
豊臣家家臣。黄母衣衆の一人。

色部長真【いろべ・ながざね】
上杉家家臣。新発田重家の妹を正妻にしていたが、新発田重家の乱では上杉景勝につき、新発田対策を練る。兼続の次女を息子の妻に迎えたいこと、自らの娘を兼続の養子にしてもらいたいことを希望する遺言を残す。

上杉景勝【うえすぎ・かげかつ】
越後（現新潟県）上杉家当主。武田勝頼の異母妹・菊姫を正室に迎えることで甲越同盟を結ぶ。後に豊臣政権下で五大老の一人となる。

上杉景虎【うえすぎ・かげとら】
北条家の人質として上杉謙信の養子になる。御館の乱で上杉景勝に敗北、妻とともに自害する。享年26。

上杉謙信【うえすぎ・けんしん】
越後（現新潟県）上杉家当主。戦の天才・越後の虎として恐れられた。

上杉憲政【うえすぎ・のりまさ】
山内上杉家当主。長尾景虎（後の上杉謙信）を養子として家督を譲った

宇喜多秀家【うきた・ひでいえ】
備前（現岡山県）宇喜多家当主。豊臣政権下で五大老の一人に。

大国実頼【おおくに・さねより】
樋口与七に同じ。

小国実頼【おぐに・さねより】
樋口与七に同じ。

お船【おせん】
直江兼続の正室。上杉景勝の子・定勝の母代りを務める。賢母と名高い。

織田信雄【おだ・のぶかつ】
織田信長の次男。小牧・長久手の戦いでは羽柴秀吉に対抗するため徳川家康に頼るが、家康に無断で秀吉と講和を結んでしまう。

織田信孝【おだ・のぶたか】
織田信長の三男。信長の死後、秀吉に対抗しようと柴田勝家、滝川一益と結ぶが、秀吉に降伏。最後は兄の信雄に攻められた後、自害した。

織田信忠【おだ・のぶただ】
織田信長の跡継ぎ。本能寺の変で父・信長とともに散る。

織田信長【おだ・のぶなが】
東海・近畿を一代で治めた、政戦両略の天才。本能寺の変で倒れる。

【か行】

柿崎晴家【かきざき・はるいえ】
上杉家家臣。北条家の人質・景虎と交換で北条家の人質になる。後に御館の乱で景虎側につき、殺害される。

片倉小十郎【かたくら・こじゅうろう】
伊達家家臣。本名・片倉景綱。伊達政宗の近侍となり、軍師を務める。

加藤清正【かとう・きよまさ】
羽柴家家臣。賤ヶ岳で活躍した七本槍の一人。後に熊本藩主となる。

狩野秀治【かのう・ひではる】
上杉家家臣。御館の乱で上杉景勝に味方し、後に上杉家の政治全般に関わる。兼続と二頭体制を築いた。

亀王丸【かめおうまる】
会津（現福島県）蘆名家19代当主。

菊姫【きくひめ】
武田勝頼の異母兄妹。上杉景勝の正室。質素で倹約を志した、才色兼備の夫人だったという。

北条高広【きたじょう・たかひろ】
上杉家家臣。一度は武田家に、一度は北条家に裏切るが、二度とも上杉家に復帰。武将として勇壮だった。

黒田長政【くろだ・ながまさ】
羽柴家家臣。秀吉の軍師・黒田孝高の長男。関ヶ原の戦いでは徳川側につき、筑前福岡藩の藩主となる。

小西行長【こにし・ゆきなが】
商人出身。宇喜多直家に仕えるが、後に羽柴秀吉の家臣に。キリシタン大名としても知られる。

小早川隆景【こばやかわ・たかかげ】
豊臣政権下の五大老の一人。安芸（現広島県）当主・毛利元就の子。政務・外交面に優れた。

【さ行】

榊原康勝【さかきばら・やすかつ】
徳川家家臣。徳川四天王の一人・榊原康政の三男。正妻は加藤清正の娘。

佐竹義宣【さたけ・よしのぶ】
常陸水戸（現茨城県）佐竹家当主。関ヶ原の戦いで曖昧な態度をとり、出羽久保田（現秋田県）に左遷される。

佐々成政【さっさ・なりまさ】
織田家家臣。黒母衣衆の一員として勇名をはせる。その後柴田勝家の与

力となり、府中三人衆の一人に。

真田信繁【さなだ・のぶしげ】
真田昌幸の子。小説などでは真田幸村の名でも有名。

真田昌幸【さなだ・まさゆき】
武田家家臣。武田家滅亡後は織田、北条、徳川、上杉、豊臣と主家を次々と変えて戦国時代を生き延びる。

三法師【さんほうし】
織田信長の嫡孫、織田信忠の嫡男。

篠井康信【しのい・やすのぶ】
上杉家家臣。兼豊の三女、つまり兼続の妹を正妻にもつ。

柴田勝家【しばた・かついえ】
織田家重臣。本能寺の変以後、羽柴秀吉と対立し敗北。北ノ庄にて自害。

新発田重家【しばた・しげいえ】
上杉家家臣。御館の乱での恩賞に不満を持ち、蘆名家、伊達家、織田家と連携して上杉家に対抗する。

島左近【しま・さこん】
石田家家臣。本名・島清興。豊臣家をないがしろにし始めた徳川家康を暗殺しようとするが失敗している。

志村光安【しむら・あきやす】
最上家家臣。守備に優れた名将。

水原親憲【すいばら・ちかのり】
上杉家家臣。長谷堂城からの撤退では前田慶次らとともに殿軍を受け持ち、上杉軍の撤退を成功に導く。

清円院【せいえんいん】
上杉景虎の正妻。長尾政景の長女。

仙洞院【せんとういん】
上杉謙信の姉。直江兼続を上杉景勝の近習に推薦したと言われる。

千利休【せんのりきゅう】
和泉国・堺の商家出身の茶人。織田信長の茶頭も務める。

【た行】

大道寺政繁【だいどうじ・まさしげ】
北条家家臣。

滝川一益【たきがわ・かずます】
織田家重臣。関東方面軍司令官。本能寺の変以後は柴田勝家に味方したため、羽柴秀吉によって攻め滅ぼされる。降伏後出家。享年62。

武田勝頼【たけだ・かつより】
甲斐(現山梨県)武田家20代当主。武田信玄の子。御館の乱以降、天敵だった上杉家から金銭を受け取って同盟を結ぶ。この一件が批判を呼んだ。

武田信玄【たけだ・しんげん】
甲斐(現山梨県)武田家19代当主。戦の天才とうわれ、上杉謙信と川中島にて幾度も合戦を繰り広げた。風林火山の旗印でも有名。

伊達輝宗【だて・てるむね】
出羽米沢(現山形県と秋田県)伊達家当主。伊達政宗の父。温厚な人柄で人望も厚かったと言われている。

伊達政宗【だて・まさむね】
出羽米沢(現山形県と秋田県)伊達家当主。気性が激しく、父・輝宗を人質にとった畠山義継を、父ごと射殺した。隻眼、三日月の兜でも有名。

茶々【ちゃちゃ】
羽柴秀吉の側室。浅井長政と織田信長の妹・お市との子。豊臣秀頼の母で、徳川家康と最後まで対立した。

長続連【ちょう・つぐつら】
畠山家重臣。畠山七人衆の一人。天正5年に上杉謙信に攻められた際、織田の援軍が到着する数日前に、畠山家内の上杉派に殺害される。

長宗我部元親【ちょうそかべ・もとちか】
土佐(現高知県)長宗我部家当主。秦の始皇帝の血筋とも。明智光秀の妹の娘が側室。四国を統一するが、豊臣秀次軍に負けてしまう。

鶴松【つるまつ】
豊臣秀吉の長男。3歳で病死。

道満丸【どうまんまる】
上杉景虎の嫡男。上杉景勝の兵により上杉憲えと共に殺害された

徳川家康【とくがわ・いえやす】
三河(現愛知県東部)松平家当主。織田信長と同盟を結び、戦国時代後期には一大勢力を築く。

徳川秀忠【とくがわ・ひでただ】
江戸幕府第二代将軍。徳川家康の三男。豊臣秀吉の側室・茶々の姉妹、江を妻に持つ。真田昌幸に妨害されたため関ヶ原の戦いに遅れた。

豊臣秀次【とよとみ・ひでつぐ】
豊臣秀吉の姉の子。賤ヶ岳の戦いで軍功をあげ、雑賀攻め、四国征伐でも活躍。関白となるが、秀頼が生まれると秀吉に疎まれ出家。その後28歳の若さで切腹を命じられる。

豊臣秀長【とよとみ・ひでなが】
豊臣秀吉の弟。文武両道に優れ、秀吉の信頼も篤かった。羽柴秀次の四国征伐を陰で支えた。

豊臣秀吉【とよとみ・ひでよし】
織田家重臣。尾張国愛知郡中村の百姓から機知と人当たりの良さを武器に出世し、天下人にまで上り詰めた、立身出世物語の代表格。

豊臣秀頼【とよとみ・ひでより】
豊臣秀吉と茶々の子。豊臣秀次の失脚により豊臣家2代目当主となる。西軍が関ヶ原に敗れ、徳川家康が征夷大将軍になると大坂の役で敗北。母である茶々とともに自害。享年23。

【な行】

直江景綱【なおえ・かげつな】
上杉重臣。内政面で上杉謙信を支えた家臣団筆頭。お船の父。

直江兼続【なおえ・かねつぐ】
本書主人公。

直江重光【なおえ・しげみつ】
直江兼続に同じ。

直江信綱【なおえ・のぶつな】
上杉家家臣。直江景綱の娘・船と結婚し、婿入り。景綱の死後は馬廻となる。御館の乱では、上杉景勝に味方するが、論功に不満を持った毛利秀広によって殺害される。

中条景泰【なかじょう・かげやす】
上杉家家臣。揚北衆の一員。織田軍との戦いで魚津城落城とともに自害。

長束正家【なつか・まさいえ】
豊臣家重臣。豊臣政権の五奉行の一人。計算能力に長けていた。

丹羽長重【にわ・ながしげ】
豊臣家家臣。丹羽長秀の長男。

【は行】

羽柴秀吉【はしば・ひでよし】
豊臣秀吉に同じ。

畠山義隆【はたけやま・よしたか】
能登（現石川県北部）畠山家当主。

服部半蔵【はっとり・はんぞう】
徳川家家臣。本名・服部正成。後に、江戸城の門を警護していたため、現在の「半蔵門」は彼の名が由来。

春王丸【はるおうまる】
能登（現石川県北部）畠山家当主。畠山義隆の子。父の急死後、重臣の長綱連に実権を握られる。

樋口兼続【ひぐち・かねつぐ】
直江兼続に同じ。

樋口兼豊【ひぐち・かねとよ】
上杉家重臣。直江兼続の父。

樋口与七【ひぐち・よしち】
上杉家家臣。天正10年、上杉景勝の命によって小国重頼の養子となり、小国氏の家督を相続する。対豊臣秀吉の上杉家の使者として活躍した。

樋口与六【ひぐち・よろく】
直江兼続に同じ。

平林正興【ひらばやし・まさおき】
上杉家家臣。直江兼続死後の米沢藩政運営は彼が担った。

拾丸【ひろいまる】
豊臣秀頼に同じ。

福島正則【ふくしま・まさのり】
豊臣家家臣。母が豊臣秀吉の叔母にあたり、小姓として秀吉に仕える。武勇に優れ、賤ヶ岳の七本槍の筆頭として名前を知られている。

藤田信吉【ふじた・のぶよし】
上杉家家臣。元は武田家の家臣だったが、武田家滅亡とともに上杉家に頼る。徳川家康に接した際、厚遇を受け、それから家康シンパになったと言われている。

北条氏照【ほうじょう・うじてる】
北条一族。北条氏政の弟。才気にあふれ武勇にも優れた武将。

北条氏直【ほうじょう・うじなお】
相模（現神奈川県）北条家第5代当主。正妻は家康の娘・督姫。病弱だったため、30歳の若さでこの世を去る。

北条氏政【ほうじょう・うじまさ】
相模（現神奈川県）北条家4代当主。正妻は武田信玄の娘・黄梅院。上杉景虎の実の兄。後年嫡男の北条氏直に家督を譲って隠居するが、軍事の実権は掌握した。

北条早雲【ほうじょう・そううん】
伊豆地方を足利茶々丸の悪政から解放し、大名となった北条家初代当主。

堀尾忠晴【ほりお・ただはる】
祖父・堀尾吉晴は豊臣家家臣。正室は徳川秀忠の養女ビン姫。後に江戸幕府で出雲松江藩第3代藩主となる。

本庄繁長【ほんじょう・しげなが】
上杉家家臣。上杉景勝に味方し、新発田重家の討伐でも活躍する。一揆を扇動したと疑われ、一時流罪に。その後嫌疑が晴れ、上杉景勝に1万石を与えられ帰参している。

本多重敏【ほんだ・まさしげ】
徳川家家臣。重臣・本多正信の次男。

本多正純【ほんだ・まさずみ】
徳川家家臣。重臣・本多正信の長男。

本多正信【ほんだ・まさのぶ】
徳川家家臣。武より文に優れ、江戸幕府初期を牛耳ったため、同僚たちからは嫌われていたという。

【ま行】

前田慶次【まえだ・けいじ】
織田家家臣、前田利家の義理の甥。滝川一益の一族。本名・前田利貞。浪人時代には、穀蔵院飄戸斎（こくぞういん・ひょっとさい）や龍砕軒不便斎（りゅうさいけん・ふべんさい）などと名乗った。

前田玄以【まえだ・げんい】
豊臣家重臣。織田信雄に仕えたが、後に豊臣政権下における五奉行の一人として重宝される。

前田利家【まえだ・としいえ】
織田家重臣。豊臣政権下における五大老の一人。槍の名手としても有名。

前田利長【まえだ・としなが】
織田家家臣。前田利家の長男。正妻は織田信長の娘の永姫。関ヶ原の戦いでは東軍に属し初代加賀藩主に。

増田長盛【ました・ながもり】
豊臣家重臣。豊臣政権下における五奉行の一人。関ヶ原の戦い前、西軍をまとめる一方で徳川家康にも通じており豊臣家を滅ぼした原因とも。

毛利輝元【もうり・てるもと】
安芸（現広島県）毛利家当主。織田軍と互角に戦うが、宇喜多直家の離反に遭い、羽柴秀吉に事実上降伏した。後に豊臣政権下の五大老の一人に。

毛利秀広【もうり・ひでひろ】
上杉家家臣。御館の乱では上杉景虎側だったが、裏切り景勝に味方。その後論賞に不満を持ち、山崎秀仙、直江信綱を殺害する。

最上義光【もがみ・よしみつ】
出羽（現秋田県と山形県）最上家当主。

森可成【もり・よしなり】
織田家家臣。十文字槍の名手。

【や・ら行】

山崎秀仙【やまざき・しゅうせん】
元・佐竹家家臣。後に上杉謙信に招かれて上杉家家臣に。

留守政景【るす・まさかげ】
伊達家家臣。伊達政宗の祖父、晴宗の三男。後に伊達姓に復帰している。

参考文献

『天地人』 火坂雅志(日本放送出版協会)

『密謀』 藤沢周平(新潮社)

『謀将 直江兼続』 南原幹雄(角川書店)

『直江兼続－北の王国』 童門冬二(集英社)

『叛旗兵』 山田風太郎(廣済堂文庫)

『Truth In History 上杉謙信』 相川司(新紀元社)

『新編上杉謙信のすべて』 花ヶ前盛明(新人物往来社)

『甲陽軍鑑大成』 酒井憲二(汲古書院)

『関ケ原の合戦と大坂の陣』 笠谷和比古(吉川弘文館刊)

『無刀取り』 五味康祐(河出書房出版)

『新史太閤記』 司馬遼太郎(新潮社)

『新書太閤記』 吉川英治(講談社)

『豊臣秀吉』 山岡荘八(講談社)

『妖説太閤記』 山田風太郎(講談社)

『豊臣秀吉』 小和田哲男(中公新書)

『太閤記』 吉田豊訳 (教育社新書)

『関ヶ原』 司馬遼太郎(新潮社)

『戦国風流武士 前田慶次郎』 海音寺潮五郎(文藝春秋)

『前田慶次郎』 近衛龍春(PHP研究所)

『直江山城守兼続』 近衛龍春(講談社)

『伊達政宗』 永岡慶之助(青樹社)

『真田太平記』 池波正太郎(新潮社)

『真田幸村』 海音寺潮五郎(学陽書房)

『真田幸村』 柴田錬三郎(文藝春秋)

『三河物語』 大久保忠教・著 小林賢章・翻訳(教育社)

『徳川家康』 山岡荘八(講談社)

『覇王の家』 司馬遼太郎(新潮社)

『影武者徳川家康』 隆慶一郎(新潮社)

『乾坤の夢』 津本陽(文藝春秋)

『信長公記』 榊山潤・太田牛一(教育社新書)

『信長公記』 桑田忠親・太田牛一(新人物往来社)

※本書は、上記の歴史的資料や小説、論文をもとに、
　極力事実に基づいて構成しておりますが、あくまでもフィクションです。

※本文中に登場する西暦は、すべてユリウス暦による表記です。

※名称・緯名などに複数の説がある人物は、
　より事実に近いだろうと思われるものを採用しておりますが、
　後世、小説などで有名になった呼び名を
　あえて使用している人物もございます。

※地名は現在の名称で表記しておりますが、
　当時とは境界線が違うため、一部齟齬のある場合もございます。

武ログ 弐

直江兼続の「愛want忠」日記
<small>なおえかねつぐ　　あいうぉんちゅう</small>
<small>　　　　　　　　ぶろがーゆうひつしゅう</small>

初版発行	2009年9月15日
著者	武ロガー右筆衆
編集・構成	荻原佳人（株式会社ディスカス）
発行者	黒須雪子
発行所	株式会社　二玄社
	〒101-8419
	東京都千代田区神田神保町2-2
営業部	〒113-0021
	東京都文京区本駒込6-2-1
	電話03-5395-0511
装幀・本文デザイン	黒川デザイン事務所
印刷	光邦
製本	越後堂製本

JCOPY

〈(社)出版者著作権管理機構　委託出版物〉
本書の無断複写は著作権法上での
例外を除き禁じられています。
複写される場合は、そのつど事前に、
(社)出版者著作権管理機構
(電話 03-3513-6969、FAX 03-3513-6979、
e-mail:info@jcopy.or.jp）の許諾を得てください。
©Nigensha　2009 Printed in Japan
ISBN　978-4-544-06012-6